SAUERLÄNDER

Chris Priestley wurde geboren und alterte. Er lebte an unterschiedlichen Orten über unterschiedlich lange Zeiträume. Er mag Toast und betrachtet gerne Dinge. Allen Versuchen ihn zu stoppen zum Trotz, hat er dieses Buch geschrieben und illustriert. Die zuständigen Behörden wurden alarmiert.

Weitere Informationen zum Kinder- und Jugendbuchprogramm der S. Fischer Verlage finden sich auf *www.fischerverlage.de*

Chris Priestley

Modermoor Castle

Die Retter des vergessenen Schatzes

Aus dem Englischen von
Sigrid Ruschmeier

Mit Bildern des Autors

SAUERLÄNDER

Erschienen bei FISCHER Sauerländer

This translation of
Maudlin Towers. Treasure of the Golden Skull
is published by S. Fischer Verlage
by arrangement with Bloomsbury Publishing Plc.

Für die deutschsprachige Ausgabe:

Hedderichstr. 114, D-60596 Frankfurt am Main
Umschlaggestaltung: Norbert Blommel, Vreden
unter Verwendung einer Illustration von Chris Priestley
Satz: Fotosatz Amann, Memmingen
Druck und Bindung: CPI books GmbH, Leck
Printed in Germany
ISBN 978-3-7373-5607-7

Modermoor Castle & Umgebung
Pug's Peak
Pig's Peak
Grube Modermoor (stillgelegt)
Moder-moor
Modermoor-Castle
Modermoorer Teich
Modermoorer Sümpfe
Die Steine von Modermoor
Bahnhof Nieder-modermoor
Modermoorer Forst
Niedermodermoor

Taucht gern lautlos
und unerwartet auf

Spuckt bei seinen Predigten
Feuer und Schwefel

Weiß alles über Piraten

Ist leider verstorben

MR SCURRY
Der Hausmeister wuselt durch alle Gänge
MISS PICKY
Ist als Schulsekretärin stets zur Stelle
Miss BRONTEEN
Liebt die Trübseligen Dichter
Miss Bleu
Unterrichtet Französisch und ist schnell gelangweilt
Miss Foxing
Herrscht über die Bibliothek

Ist Spross der alten Familie Mufford, aber nicht so muffig wie der Rest der Sippe

Ist Spross der Spongely-Partworks und öfter ein bisschen schwammig im Kopf

Ist ein eher feiner Pinkel

Ist Sponges und Muffords Erzfeind und hat gern das Sagen

Steht – manchmal –
unter Kenningtons Fuchtel

Gibt immer noch ein
Fernerhin zu bedenken

Ist ein geheimnisvoller
neuer Junge

Ist kein Trinker

Ist ein fixes Kerlchen

Kennington ~~Mufford~~ ist ~~ein Held~~ eine Schande!

PIRATEN

Ist auch mit Holzbein flink unterwegs

Ist trotz seiner Narben nicht allzu gefährlich

Findet seinen Dolch interessanter als Bildung

Im Kreuzmast ist sie kreuzfidel

Mag keine Bücher
und ist voller Sehnsucht

Hantiert mit Pinseln
statt mit Pistolen

Hat keinen Säbel,
aber Flügel

Arrrrrrr!

Trifft immer

Ist zahnlos,
aber nicht wehrlos

Plumpsende Turmspitzen

Mufford und Sponge schleppten sich am Büro des Direktors vorbei. Sie kehrten gerade von dem Rennen auf den Pig's Peak zurück, das zweimal in der Woche stattfand und von ihrem neuen, schrecklich hyperaktiven Sportlehrer Mr Lithely geleitet wurde.

Plötzlich hörten sie ein Mordskrachen und sahen eine Staubwolke unter der Bürotür hervorquellen.

Sie stürzten in das Zimmer und schnappten vor Entsetzen nach Luft. Die Spitze eines der wolkenumwaberten hohen Türme von Modermoor Castle war abgebrochen und hatte sich zuerst durch die Decke im Büro des Direktors und dann in seinen Schreibtisch gebohrt.

An der Stelle guckte ein Stück seiner Robe hervor.

»Herr Direktor!«, riefen die Jungs.

Miss Picky, die Schulsekretärin, kam hereingeeilt,

sah das schwarze Stück Stoff, schrie auf und sank Mufford und Sponge ohnmächtig in die ausgestreckten Arme.

»Nichts passiert«, sagte eine bekannte Stimme hinter ihnen.

Der Direktor stand mit zerrissener Robe auf der anderen Seite des Raums. Er lächelte zwar wie üblich, schüttelte aber beim Anblick des Schadens doch den Kopf.

Miss Picky wiederum hatte ihre fünf Sinne rasch wieder beisammen, erhob sich, strich sich das Kleid glatt und verschwand ohne ein weiteres Wort in Richtung ihres Büros.

Da seufzte der Direktor zu Muffords und Sponges Verwunderung plötzlich tief auf, ging zu seinem Sessel am Kamin und heulte jämmerlich los. Mit offenen Mündern starrten die Jungs ihn an. Es war erschütternd.

Sie wollten sich davonstehlen, bevor sie tiefer in das Geschehen hineingezogen wurden, doch es war zu spät. Der Direktor blickte auf und deutete mit einer matten Handbewegung zur Tür.

»Ach, meine lieben Knaben«, sagte er matt. Und: »Mufford, sei so gut und schließ die Tür.«

Mufford tat, wie ihm geheißen.

»Aber bitte auf dieser Seite!«, rief der Direktor sofort.

Mufford öffnete die Tür wieder, schloss sie diesmal von innen hinter sich und kam zurück ins Büro. Er setzte sich zu seinem Freund am Kamin.

»Es tut mir außerordentlich leid, dass ihr Zeugen dieses Gefühlsausbruchs von mir wart«, sagte der Direktor. »Aber wenn ihr den Grund dafür wüsstet, würdet ihr mich garantiert verstehen.«

»Halb so schlimm«, erwiderte Mufford. »Sponge flennt auch ständig, stimmt's, Sponge?«

»Ich glaube nicht, dass ich mehr flenne als du«, entgegnete Sponge böse.

»Na, komm schon. Du flennst doch bei jeder Gelegenheit.«

»Nein, das tu ich nicht. Und sowieso: Was ist mit dir? Du hast geflennt, als die Motten deine Bettsocken zerfressen haben.«

»Sie waren ja auch aus Kaschmirwolle.«

»Jungs«, sagte der Direktor gütig, aber entschieden. »Wenn ich euch bei eurem reizenden Wortgeplänkel unterbrechen darf …«

»Ja, Sir«, antwortete Mufford. »Verzeihung, Sir. Sie wollen sicher allein mit Ihren Gedanken sein. Wenn mein Vater heult, will er immer allein mit seinen Gedanken sein, und –«

»Ich habe versagt, Jungs«, platzte der Direktor heraus.

»Versagt, Sir?« Sponge wurde nervös und wusste gar nicht, wo er hinschauen sollte. »Wie das, Sir? Wie genau?«

»Ich fürchte, der Schulbeirat als Aufsichtsgremium plant … Modermoor Castle zu schließen.«

Den Jungs stockte der Atem.

»Warum, Sir?«, fragte Mufford.

»Also, ihr seht ja, dass das Gebäude buchstäblich in seine Bestandteile zerfällt. Unsere Geldmittel reichen einfach nicht aus, um Reparaturarbeiten im erforderlichen Ausmaß zu bezahlen. Wir brauchen zusätzliche Mittel, und zwar umgehend, doch die Beiratsmitglieder verweigern jede Hilfe. Leider ist der neue Vorsitzende ein sehr tatkräftiger pensionierter General namens Sir Brashly Bugle und vertritt ohnehin den Standpunkt, dass wir eine veraltete, überlebte Anstalt sind und Schüler heranbilden, die ebenso schwächlich in der Birne wie am Körper sind. Seiner Ansicht nach sollten Jungen eine Militärakademie besuchen, in der sie jeden Morgen um sechs Uhr auf und ab marschieren müssen. Er würde gern dafür sorgen, dass wir das auch einführen, aber er findet die Schule zu teuer im Unterhalt und will lieber hier alles nur irgendwie Wertvolle herausnehmen und woanders eine neue Bildungsstätte errichten, die seinen Vorstellungen entspricht.«

»Können Sie denn nicht den Schuldiamanten verkaufen, um an Geld zu kommen?«, überlegte Sponge ein wenig verwirrt.

»Das ist ja das Problem«, jammerte der Direktor. »Ich habe ihn letztes Jahr verkauft. Der sogenannte Schuldiamant im Trophäenraum ist nichts weiter als ein Stück Glas aus dem Kronleuchter im Speisesaal. Mit dem Geld hätte ich diesen Monat die Bauarbeiter bezahlen wollen. Sie haben mich immer und immer wieder vertröstet, doch jetzt hatten wir uns endlich auf einen Termin geeinigt …«

»Sir?«, fragte Mufford.

»Ach, ihr müsst wissen, dass ich Banken leider nie vertraut habe. Dabei hätte ich das Geld einfach bei mir aufbewahren können, denn hier im Büro ist ein Safe. Doch ich habe einen schrecklichen Schuh-Tick. Wir haben alle unsere kleinen Schwächen, Jungs, stimmt's? Ich zum Beispiel muss einfach immer wieder Schuhe kaufen.«

»Schuhe???«, staunte Sponge.

»Wo sind Schuhe?«, sagte der Direktor hoffnungsfroh und sah sich um.

Mufford runzelte die Stirn. »Was ist mit dem Geld, Sir?«, fragte er.

Der Direktor ließ den Kopf in die Hände sinken.

»Ich habe es in Obhut des Menschen gegeben, dessen Ehrlichkeit über alle Zweifel erhaben ist und der, das wusste ich, mir nie gestatten würde, Schuhe davon zu kaufen.«

»Wem, Sir?«, fragten die Jungs wie aus einem Munde.

»Pastor Brimstone.«

Die Freunde nickten. Das war durchaus sinnvoll gewesen.

»Leider hat Pastor Brimstone eine missliche Stelle ausgesucht, um das Geld zu verstecken«, sagte der Direktor verzweifelt. »Obwohl er allen Grund hatte, sie für sicher zu halten ... Er hätte das Geld immer im Auge –«

»O nein!«, stöhnte Sponge.

»In seinem Sessel«, rief Mufford.

»So ist es. Und wie wir alle wissen, wurde der gestohlen. Der gute Pastor trauert dem Sessel natürlich immer noch nach.«

In dem Moment ging Pastor Brimstone höchstpersönlich am Büro des Direktors vorbei. Er brummelte

wütend vor sich hin, doch man verstand nur die Worte »Dieb!«, »Sessel!« und »bis in alle Ewigkeit in den Feuern der Hölle schmoren«.

Mufford und Sponge mussten beide sofort daran denken, wie sie den Sessel das letzte Mal gesehen hatten. Da war er nämlich eine Zeitmaschine gewesen und hatte Mr Stupido, ihren alten Sportlehrer, ins Zeitalter der Dinosaurier befördert.

»Vielleicht erfahren wir nie, was aus dem Sessel geworden ist, oder dem Vermögen darin«, jammerte der Direktor. »Es wird für immer ein Geheimnis bleiben. Aber ich sage euch frei heraus, dass ich mir die Schurken, die das verbrochen haben, liebend gern vorknöpfen würde.«

Sponge schluckte, Mufford auch. Der Direktor seufzte, brachte aber nach einem Moment sein gewohntes Lächeln zustande, wenn auch sehr schwach. Sponge schaute nervös um sich.

»Warum sind an der Holzverkleidung Ihrer Zimmerdecke Seepocken?«, fragte er. »Wir sind doch meilenweit vom Meer entfernt.«

Der Direktor nahm ein Stück Holz von der Decke aus dem Trümmerhaufen. Und tatsächlich war es auf der Rückseite mit Seepocken verkrustet. Einen Moment lang blickte der Direktor versonnen in die Ferne.

»Nein, so was«, sagte er. »Schaut euch das an. Nach all den Jahren.«

»Sir?«, fragten die Jungen gleichzeitig.

Lächelnd setzte sich der Direktor wieder in seinen Sessel und schaute zu dem Loch in der Zimmerdecke hoch.

»Jungs, die Sache ist die, dass die Holzverkleidung in meinem Zimmer aus Schiffsbalken besteht.«

Wenn man das wusste, wunderten einen die Seepocken nicht mehr. Es erklärte auch den riesigen

Anker in einer Ecke. Warum der dort stand, hatten sich Mufford und Sponge schon immer gefragt.

»Und zwar keine Balken von irgendeinem x-beliebigen Schiff«, fuhr der Direktor fort, »sondern von einem Piratenschiff. Es hieß Goldener Totenkopf.«

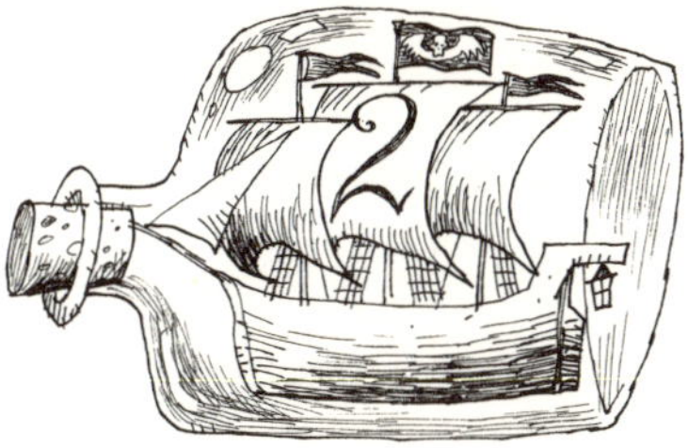

Das Flaschenschiff

Goldener Totenkopf?«, schrie Sponge.

»Ja«, erklärte der Direktor. »Das besagte Schiff. Von dem rede ich.«

Mit diesen Worten stand er auf, nahm ein Flaschenschiff vom Kaminsims, setzte sich wieder hin und blies den Staub von der Flasche. Mufford und Sponge husteten und prusteten.

Als sie dann durch das schmuddelige Glas schauten, sahen sie das Modell eines bis in alle Feinheiten ausgearbeiteten Dreimasters. Am Hauptmast wehte eine schwarze Flagge mit einem geflügelten goldenen Totenkopf – genau dem gleichen Totenkopf, wie er auch auf dem Schulwappen von Modermoor Castle prangte!

»Ooh!«, staunte Sponge.

»Sie stand unter dem Kommando eines der gefürch-

tetsten Piraten seiner Zeit. Er hieß Greenbeard, weil er einen grünen Bart hatte.«

»Einen grünen Bart?«, sagte Mufford.

»Ja«, erwiderte der Direktor. »Mit der Körperpflege nahm er es nicht so genau, wie es wünschenswert gewesen wäre. Und weil zudem das Schiff an allen Ecken und Enden leckte, war sein Bart von Seetang durchzogen und überwuchert. Gelegentlich verlief sich auch der ein oder andere Einsiedlerkrebs hinein.«

»Gab's auch einen Schatz?«, erkundigte sich Mufford. »Piraten haben's doch sehr mit Schätzen, oder etwa nicht?«

»O ja«, erwiderte der Direktor. »Greenbeard liebte insbesondere Juwelen und hortete sie offenbar zuhauf. Einer Legende nach ist der Schatz auf einer entlegenen Insel vergraben, wo sogar sein Geist spuken soll. Aber bisher hat niemand die Insel gefunden. Sie ist in keinem bekannten Atlas und auf keiner bekannten Karte verzeichnet.«

»Wie schade«, sagte Sponge.

»Du sagst es«, meinte der Direktor. »Ich fürchte, auch der Verbleib von Greenbeards Schatz bleibt für immer ein Geheimnis. Dabei könnten wir ihn jetzt gut gebrauchen, was, Jungs?«

»Aber warum hat man die Balken seines Schiffs für den Bau dieses Zimmers in Modermoor Castle benutzt?«, wollte Sponge wissen.

»Also, das ist faszinierend«, erwiderte der Direktor. »Greenbeard der Pirat kam von hier! Er war ein Junge aus dem Dorf. Ein Diener in diesen Hallen, als sie noch der Familiensitz der Modermoors waren. Aber er ist durchgebrannt und mit seinem Herrn, Lord Mandragora Modermoor, zur See gefahren.«

»Wirklich?«, fragte Sponge.

Der Direktor nickte.

»Wie ihr wisst, war Lord Mandragoras Sohn, Lord Marzipan Modermoor, ein großer Sammler und Exzentriker.«

Da Sponge und Mufford ihn bei ihren Abenteuern mit der Zeitmaschine persönlich kennengelernt hatten, war ihnen das wohlbekannt.

»Und Lord Marzipan, der wusste, dass sein Vater eine Beziehung zur Goldenen Totenkopf gehabt hatte, hat deren Überreste aufgespürt und in seinem Arbeitszimmer verbauen lassen. Als er beschloss, Modermoor Castle zu einem Internat zu machen, nahm er Greenbeards Flagge als Wappen dafür. Aber mit der Zeit war der Beirat der Schule nicht mehr so erbaut davon, dass die Anstalt mit Seeräuberei in Verbindung gebracht werden konnte, und jeder Direktor – auch ich – wurde angehalten, es bloß nicht den Schülern zu erzählen. Aber ich weiß, ich kann darauf bauen, dass diese Angelegenheit nun strikt unter uns bleibt. Ich befürchte auch, dass eine Panik sondergleichen entsteht, wenn sich die Nachricht von der drohenden Schließung der Schule durch die Kreuzgänge und Schlafsäle verbreitet. Ich weiß ja, wie sehr ihr alle diese Schule liebt. Wie sehr wir alle sie lieben.«

Sponge und Mufford wechselten einen raschen skeptischen Blick.

»Kann ich mir die Goldener Totenkopf mal ein wenig genauer ansehen?«, fragte Sponge.

Lächelnd reichte ihm der Direktor das Schiff in der Flasche, aber Sponge griff nicht richtig zu, es rutschte ihm wie ein Stück Seife durch die Finger, fiel zu Boden, und das Glas zerschlug auf den Steinplatten in tausend Stücke.

»Sponge!«, schrie Mufford.

»Oje«, sagte der Direktor. »Sehr bedauerlich.«

Sponge hob das Modellschiff auf, das nun nicht mehr in der Flasche steckte.

»Es tut mir unendlich leid«, sagte er, den Tränen nahe.

»Mach dir nichts draus«, sagte der Direktor, der seinen üblichen Optimismus nicht verlor. »Unfälle passieren. Wenigstens können wir uns jetzt das Schiff genauer ansehen.«

Der Mittelmast war herausgefallen, und als Sponge ihn wieder hineinzustecken versuchte, fiel ihm ein Schriftzug auf dem Hauptsegel auf.

»Sir!«, schrie er. »Ich glaube, hier finden wir einen Hinweis auf den Schatz!«

»Was? Wo?«, rief der Direktor.

Aber als Sponge ihm das Schiff gab, zerfielen die Segel in einzelne Fetzchen.

»Nein!«, rief der Direktor. »Durch das Klima in der Flasche sind die Segel erhalten geblieben, und jetzt zerbröseln sie.«

Vor Enttäuschung schlug er mit der Faust auf den Schreibtisch, und da löste sich ein weiteres Stück der Holzverkleidung von der Decke und plumpste herunter. Es traf Sponge am Kopf und schlug ihn für ein paar Sekunden bewusstlos.

»Sponge?«, rief Mufford und eilte seinem hingesunkenen Kameraden zu Hilfe. »Lebst du noch?«

Sponge blinzelte ein paarmal, schüttelte den Kopf, um ihn wieder klar zu kriegen, doch vor seinen Augen tanzten Sternchen. Er kam taumelnd auf die Füße und setzte sich wieder auf seinen Stuhl.

»Was stand drauf, Sponge?«, frage Mufford.

»Was stand wo drauf?«, fragte Sponge.

»Auf dem Segel. Was stand auf dem Segel?«

»Ja«, schaltete der Direktor sich ein. »Was stand darauf, Master Spongely-Partwork? Was besagte der Hinweis auf dem Segel? Du hast als Einziger einen flüchtigen Blick darauf erwischt.«

Sponge schaute von einem Gesicht zum anderen und dann auf das beschädigte Schiff.

»Ich kann mich nicht erinnern. An nichts. Der Schlag auf den Kopf hat es mir offensichtlich aus dem Gedächtnis gehauen.«

»Mist«, schimpfte Mufford.

»Wenn du dich ordentlich anstrengst, erinnerst du dich nach einer Weile vielleicht doch wieder daran«, sagte der Direktor.

Aber als Sponge versuchte, sich den Schriftzug auf dem Segel wieder zu vergegenwärtigen, fiel ihm nur das hohle Bong! der Holzverkleidung auf seinem Schädel ein und sonst nichts.

Der Direktor seufzte und sagte den Jungs, es sei nun an der Zeit für sie zu gehen. Mufford und Sponge, sich des Ernsts der Lage bewusst, verließen sein Büro und gingen gemessenen Schrittes durch den Flur. Doch kaum waren sie um die Ecke, hopsten sie vor Freude in die Luft.

»Nie wieder Modermoor Castle, Sponge!«, rief Mufford und fuhr beinahe versonnen fort: »Kannst du dir das vorstellen?«

»Ich würde es gern«, sagte Sponge und rieb sich den Kopf an der Stelle, an der ihn das Stück Holzverkleidung getroffen hatte. »Aber mit angedetschtem Hirn ist das nicht einfach.«

Da flitzte Mr Lithely an ihnen vorbei und fand dabei sogar Zeit, ihnen einen aufmunternden Klaps auf den Rücken zu verpassen. Sponge krachte längelangs zu Boden.

»Na, Jungs, freut ihr euch schon auf das nächste Rennen auf den Gipfel des Pig's Peak?«, rief ihr Sportlehrer und verschwand um eine Biegung.

»Ich kann nicht gerade behaupten, dass ich Modermoor Castle vermisse, wenn es geschlossen wird«, sagte Mufford.

Sponge rappelte sich auf und nickte. »Ich auch nicht. Aber unsere Eltern schicken uns bestimmt auf eine andere Schule.«

»Was?« Das Lächeln auf Muffords Gesicht erstarb.

»Na ja, lange Extraferien werden sie uns wohl nicht gönnen.«

»Nein? – Ach, wahrscheinlich hast du recht.«

»Trotzdem: Eine neue Schule ist garantiert nicht halb so schlimm wie Modermoor Castle. Das ist schier unmöglich.«

Mufford starrte in die Ferne. Eine lange Weile.

»Mufford?«, sagte Sponge. »Was ist?«

Mufford drehte sich zu ihm um, seine Augen schwammen in Tränen.

»Hast du es noch nicht begriffen, Sponge? Wir beide würden nicht mehr in dieselbe Schule gehen! Wir würden wer weiß mit wem wer weiß wohin geschickt.«

»Meinst du?«

»Ja. Deshalb müssen wir was tun.«

»Aber was? Und vor allem, wie?«

Mufford packte seinen Freund bei den Schultern und schaute ihm eindringlich in die Augen.

»Wir müssen die Schule retten!«

»Meinst du wirklich?«

»Aber ja doch!«

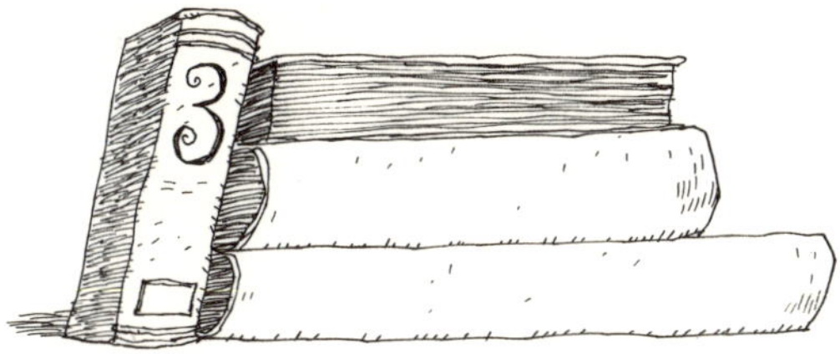

Seeräuberei – das große Handbuch für Väter und Söhne

Mufford und Sponge dachten nun ernsthaft darüber nach, wie sie das Geld ersetzen konnten, das sie ungewollt mit der Zeitmaschine in die Epoche der Dinosaurier geschickt hatten. Immerhin galt es, die Schule zu retten.

»Hast du bitte einen Keks für mich, Mufford?«, fragte Sponge todmüde. »Ich muss mein kleines Hirn ein winziges bisschen stärken.«

»Einen Keks? Ich habe leider keine Kekse.«

»Und was ist mit denen in deiner Schublade?«

»Was faselst du da, Sponge?« Höchst interessiert untersuchte Mufford seine Fingernägel. »Ich versichere dir, ich habe nicht den kleinsten Krümel.«

»Aber ich habe sie gesehen.« Sponge nahm Mufford genauer ins Visier. »Deine Mutter hat sie letzte Woche geschickt. Sie sind in deiner Schublade. Du brauchst bloß –«

»Du phantasierst, Sponge. Wenn wir jetzt mal bitte einen Moment lang deine Kekssucht beiseitelassen und uns dem vorliegenden Fall widmen können …«

Sponge machte ein böses Gesicht und ein Pfeifgeräusch durch die Nase, über das sich Mufford immer besonders ärgerte. Jetzt tat er aber so, als habe er es nicht bemerkt.

Nach zehn Minuten wollten sie zählen, wie viele Ideen sie hatten.

»Korrigier mich, wenn ich mich irre, Sponge. Du weißt, dass Mathe nie meine Stärke war. Aber ich komme auf null Komma null Ideen«, sagte Mufford.

Sponge, das Gesicht verzerrt, weil er sich so konzentrierte, stellte ebenfalls eine Rechnung an.

»Stimmt«, keuchte er, »null Komma nix.«

Mufford raufte sich die Haare und stöhnte.

»Was machen wir?«

»Ich weiß es nicht.« Sponge greinte regelrecht. »Vielleicht schlicht und einfach aufgeben?«

Erstaunt starrte Mufford seinen Freund an.

»Sponge! Was ist denn das für eine Haltung? Haben die österreichischen Heere aufgegeben, als Napoleon sie 1805 ausmanövriert hat?«

»Hm – ja, haben sie. Wenn mich meine Erinnerung nicht täuscht, haben sie den Rückzug angetreten.«

»Aber die Kreuzfahrer, als Saladin 1187 Jerusalem belagert hat?«

»Die haben auch aufgegeben. Ich erinnere mich ganz genau, dass Mr Luckless uns erzählt hat –«

»Na gut, Schwamm drüber. Jetzt geht es sowieso darum, dass ein Mufford niemals eine Niederlage akzeptiert.«

Sponge versuchte, ein verächtliches Schnauben zu unterdrücken. Es gelang ihm nicht ganz. Mit ähnlich mäßigem Erfolg versuchte Mufford, das halb erstickte Geräusch zu überhören.

Da ihnen beiden jedoch überhaupt keine Möglichkeit einfiel, wie sie Geld beschaffen konnten, kamen sie zu dem Schluss, dass sie besser in die Bibliothek gehen und ein bisschen mehr über den Piraten Greenbeard herausfinden sollten.

Miss Foxing, die Bibliothekarin, saß an ihrem Schreibtisch und las, ihr rotes Haar glänzte in dem goldenen Licht, das durch das Fenster über ihren Kopf strömte. Als die Jungs näher kamen, blickte sie auf.

»Miss Foxing«, sagte Mufford, als er und Sponge auf den Tisch zuschlenderten. »Welches Buch über Piraten ist Ihrer Meinung nach in unserer Bibliothek das beste?«

Miss Foxing dachte einen Moment nach und öffnete dann eine Schublade voller Karteikarten.

»Also«, erwiderte sie, »wir haben *Alles über Piraten*; *Das Große Lexikon der Piraten*; *Piraten der Welt*; *Piraten*,

Piraten, Piraten; Das Piratenkochbuch; Die Piraten des Karibischen Meeres; Schau'n wir die Piraten an …«

Bei einer Karteikarte hielt sie inne und lächelte.

»Aber ich würde sagen, das beste, das umfassendste Buch über Piraten ist *Seeräuberei – das große Handbuch für Väter und Söhne*. Ihr findet es dort drüben, in der Piratenabteilung.«

Mufford und Sponge fanden es komisch, dass ihnen diese Abteilung noch nie aufgefallen war. Aber rasch entdeckten sie den dicken Wälzer und schleppten ihn mit einiger Mühe in eine ruhige Ecke. Dort legten sie ihn sich auf den Schoß und schlugen gleich das Personenregister auf.

»Goatbeard, Goodbeard, Greatbeard … ah, hier ist er: Greenbeard.«

Auf der angegebenen Seite war eine Illustration von Greenbeard inmitten seiner Mannschaft auf der Goldenen Totenkopf. Er gab eine imposante Gestalt ab.

Den Dreispitz auf dem Kopf, einen mächtigen grünen Bart im Gesicht, stand er an Deck. In seiner Schärpe steckten zwei Pistolen, in der Hand schwang er ein Entermesser.

»Ach, du liebe Güte«, sagte Sponge. »Die Ähnlichkeit ist verblüffend.«

»Mit wem?«

»Mit dir.«

»Unfug.«

»Doch. Wenn du einen mächtigen grünen Bart hättest und als Pirat verkleidet wärst, sähst du ihm, glaube ich, noch ähnlicher.«

»Jetzt geht das schon wieder los! Das ist doch genau wie bei der antiken Büste, die du für dich gehalten hast.«

»Und da hatte ich auch recht! Das war ich!«

Mufford betrachtete die Illustration noch einmal genau und dachte: Stimmt, so unrecht hat Sponge nicht. Greenbeard sah wirklich aus wie er.

»Vielleicht …«, überlegte er.

»Wahrscheinlich ist es ein seltsamer Zufall.«

»Genau.«

Sie lasen den Lebenslauf von Greenbeard und staunten über seine Kühnheit. Er war über sämtliche Weltmeere gesegelt, hatte furchtlos ein Schiff nach dem anderen gekapert und riesige Schätze erbeutet, die er mit seiner Mannschaft geteilt hatte. Nur die Juwelen nicht, die hatte er für sich behalten.

Über diesen Juwelenschatz aber stand in dem Buch lediglich, was der Direktor schon gesagt hatte, dass er nämlich auf einer entlegenen, geheimnisvollen Insel vergraben sei. Allerdings wurde der Name genannt, die Insel hieß Rodom Orme.

Sie holten sich einen Atlas, doch eine Insel mit dem Namen war nicht darin verzeichnet. Wenn es sie denn jemals gegeben hatte, war sie längst vergessen oder trug einen anderen Namen.

Als Sponge das Buch *Seeräuberei – das große Handbuch für Väter und Söhne* erneut aufschlug, fiel ihm etwas auf.

»Schau!«

Er zeigte auf den Autor des Buches. Es war niemand anderes als Mr Luckless, ihr Geschichtslehrer.

»Los, Sponge, komm!«, rief Mufford.

Mr Luckless *wird zu Rate gezogen*

Als die Jungs zu Mr Luckless kamen, starrte er ins Nichts, wie so oft, seit er Miss Livia zurück in die Römerzeit gebracht hatte. Sie hatten mehrere Male an die Klassenzimmertür klopfen müssen, bis er offenbar aus seiner Trance erwacht war und »Herein!« gerufen hatte.

»Aha, Jungs«, sagte er und winkte sie zu sich. »Wie schön, euch zu sehen. Seid ihr gekommen, weil ihr eure Hausaufgaben schon vor dem angesetzten Termin abgeben wollt?«

Die Freunde schauten sich verdutzt an.

»Ähm … nein, Sir«, sagte Sponge. »Wir wollten Sie ein wenig ausfragen.«

»Nur zu, Jungs. Schießt los!«

»Wir sind gekommen, um mit Ihnen über Greenbeard den Piraten zu sprechen.«

Mr Luckless lächelte.

»Dann hat sich dein Vater also dazu durchgerungen, es dir doch zu erzählen, Mufford«, sagte er. »Das freut mich.«

»Mein Vater, Sir?«, fragte Mufford. »Warum sollte mein Vater etwas über diesen Seeräuber wissen? Er geht selten aus dem Haus, höchstens mal zum Ende des Gartens, um sich dort auszuseufzen.«

»Das verstehe ich nicht«, erwiderte Mr Luckless.

»Wenn er dir nicht von euren familiären Beziehungen zu Greenbeard erzählt hat, warum seid ihr dann hier?«

»Was für familiäre Beziehungen, Sir?«, fragte Mufford.

»Greenbeard war ein Mufford, Mufford!«

Die beiden Jungs schnappten vor Überraschung nach Luft und blickten einander vielsagend an.

»Das Bild im Buch über die Seeräuberei!«, rief Sponge.

Mufford riss die Augen auf und nickte.

»Du liebes bisschen«, sagte Mr Luckless. »Das tut mir leid. Vielleicht hätte ich es nicht erwähnen sollen. Einen berüchtigten Freibeuter in der Familie zu haben muss ein schrecklicher Schock für dich sein, Mufford.«

»Nein, mitnichten.« Mufford lächelte. »Ganz im Gegenteil. Es ist etwas Besonderes. Man stelle es sich doch nur mal vor! Ein Mufford, der interessant ist.«

»*Noch* ein Mufford, der interessant ist«, sagte der getreue Sponge.

Mufford lächelte und legte seinem Freund die Hand auf die Schulter.

»Dank dir, Sponge. – Allerdings kamen die Muffords immer aus Berkshire. Wieso ist dieser Unglückliche hier oben gelandet?«

»Offenbar haben die Muffords schwere Zeiten durchlebt, und ein Zweig der Familie sah sich gezwungen, hier im Norden nach Arbeit zu suchen«, sagte Mr Luckless.

»Ich verstehe es trotzdem nicht«, sagte Sponge. »Wie ist denn dieser Mufford-Ahne ein derart ungepflegter Pirat geworden, und was hat das mit Modermoor Castle zu tun?«

Mr Luckless verhakte die Daumen in seiner Robe und schaute sie über seine Brille hinweg an.

»Ja, das ist eine lange Geschichte …« Er hob eine Braue.

»Sir?«, hakte Mufford nach, als mehrere Minuten verstrichen waren.

»Würdet ihr sie gern hören?«

»Wenn Sie nichts dagegen haben«, erwiderte Sponge.

»Nun denn. Vor zweihundert Jahren lebte hier im Modermoor Castle Lord Mandragora Modermoor. Nach mannigfachen Enttäuschungen meinte er, er müsse sein Glück auf dem Meer suchen. Er übergab die Leitung Modermoor Castles und der Anlagen seinen Dienern und steckte sein ganzes Bargeld in den Kauf eines Schiffs. Ich habe gesagt ›seinen Dienern‹, aber nicht allen. Einen jungen Dienstburschen nahm er nämlich mit. Und dieser junge Bursche war dein Vorfahre, Mufford. Er hieß Aubrey Mufford. Und sollte eines Tages auf den sieben Weltmeeren als Pirat Greenbeard berüchtigt werden.«

»Ich fass es nicht, dass man mir das nie erzählt hat«, sagte Mufford aufgeregt.

»Ja, aber ich habe es auch erst kürzlich in den Archiven von Modermoor Castle entdeckt. Ich habe für die zweite Auflage des Buches *Seeräuberei – das große Handbuch für Väter und Söhne* noch einmal recherchiert und dann ganz begeistert deinem Vater von meinem Fund geschrieben. Er allerdings bestand nachdrücklich darauf, dass ich weder dir noch jemand anderem davon erzähle. Da ihr jetzt zu mir gekommen seid, dachte ich, dass er sich eines anderen besonnen und dich informiert hat.«

Mufford runzelte die Stirn.

»Warum will mein Vater, dass ich nichts davon erfahre?«

»Ich glaube, er hat sich geschämt, Mufford«, meinte Mr Luckless. »Es war ihm peinlich. Ich habe ihm zwar gesagt, dazu bestehe keinerlei Grund, doch er ließ sich nicht überzeugen. Ich persönlich finde es sehr spannend und freue mich, dass du nun Bescheid weißt. Aber

lass dir bitte nichts anmerken, sonst veranlasst er noch, dass ich meine Stelle verliere.«

Mufford nickte.

»Ich kann schweigen wie ein Grab.«

Mr Luckless lächelte.

»Ich weiß. Und wir haben ja auch schon einige Geheimnisse zusammen, stimmt's?«

»Das will ich meinen«, erwiderte Mufford. »Wenn sich das auch in Zukunft wohl ändern wird.«

Mr Luckless schaute ihn fragend an. »Wie das?«

»Also, Sir«, schaltete Sponge sich ein. »Tatsache ist, dass der Direktor uns gesagt hat, er glaubt, die Schule steht vor dem Ende.«

»Dem Ende?« Mr Luckless schaute sich um. »Doch hoffentlich keinem schlimmen?«

»Anscheinend will der Schulbeirat die Schule schließen, Sir«, sagte Mufford. »Weil das Gebäude in höchstem Maße baufällig ist und der Beiratsvorsitzende seine eigenen Gründe hat. Hat Ihnen der Direktor das nicht gesagt?«

»Leider, leider sieht unser geschätzter Direktor es nicht immer als notwendig an, dem Lehrerkollegium und den übrigen Angestellten alles mitzuteilen. Ja, überhaupt etwas mitzuteilen.«

»Bestimmt, weil er sich schuldig fühlt, Sir«, sagte Sponge.

»Wieso das denn?«

»Er hatte das Geld für die Renovierungsarbeiten beisammen und hat es verloren, Sir«, sagte Mufford.

»Verloren?« Mr Luckless zog die Stirn in Falten. »Das klingt aber sehr unverantwortlich. Was ist passiert?«

»Er hat es Pastor Brimstone zur Aufbewahrung gegeben«, sagte Sponge. »Und der hat es in seinem Sessel versteckt.«

Mr Luckless zog eine Augenbraue hoch und wurde einen Hauch bleicher.

»In seinem Sessel? Dem Sessel, der …?«

»Ja«, sagte Sponge.

»Dem, der …?«

»So ist es«, sagte Mufford.

»Dann ist das Geld also jetzt …?«

»Ja, ist es«, sagte Mufford.

»In gewisser Weise ist es also …?«

»… Mr Particles Schuld!«, sagte Mufford entschieden. »Ja, wahrscheinlich. Obwohl es unfair ist, ihm das vorzuwerfen, weil er nicht mehr unter uns weilt und sich nicht mehr verteidigen kann, Sir.«

Kurze Zeit sprach niemand.

»Ich werde diese Schule vermissen, wenn ich woanders unterrichten muss«, sagte Mr Luckless. »Ich weiß, dass das seltsam klingt. Denn in so vieler Hinsicht ist sie grauenhaft.«

»Ach, Sir, das haben Mufford und ich auch schon gesagt.«

»Trotzdem bin ich überzeugt, dass wir das überleben«, meinte Mr Luckless. »Vielleicht ist es gar nicht so schlecht, mal mit ein paar Erinnerungen abzuschließen und sich in neue Abenteuer zu stürzen.«

Eine Weile lang saßen die beiden Jungs und ihr Lehrer still da und dachten über all das nach, was gewesen war, und über all das, was die Zukunft bringen mochte. Nachdem sie gleichzeitig aufgestöhnt hatten, brach Mufford als Erster das Schweigen.

»Ach, ich wünschte, ich hätte Greenbeards Schatz. Dann könnte alles beim Alten bleiben. Ich könnte die Schule retten und hätte noch ein bisschen Geld für Kekse und alles Mögliche andere übrig.«

»*Noch mehr* Kekse«, korrigierte Sponge ihn erbost.

Mufford überhörte es erfolgreich.

»Sponge hat sogar einen Hinweis auf den Verbleib des Schatzes gesehen. Auf dem Flaschenschiff im Büro des Direktors. Aber Sponge hat einen Schlag aufs Gehirnkästchen gekriegt und es glatt vergessen.«

»Der Schatz wurde aber an einem Ort vergraben, den keiner mehr kennt, nicht wahr?«, sagte Mr Luckless. »Auf der Insel Rodom Orme? Freilich ist diese Information vollkommen nutzlos, weil niemand weiß, wo die Insel ist oder war. Unter Umständen kostet es mehr, dorthin zu reisen, als der Schatz wert ist.«

Wieder erklang ein gemeinsamer Seufzer, und alle ließen die Köpfe hängen.

»Es ist aber trotzdem ein komischer Zufall, meinen Sie nicht auch, Sir?«, sagte Sponge nach einer Weile.

»Was ist ein komischer Zufall, Master Spongely-Partwork?«, fragte Mr Luckless.

»Dass der Name der Insel Rodom Orme ein Anagramm von Modermoor ist«, erwiderte Sponge.

Mufford und der Lehrer starrten ihn an. Dass Sponge plötzlich eine solche gedankliche Beweglichkeit bewies, war ja, als spielte eine Katze Cembalo.

Sponge bemerkte ihre Überraschung. »Ach, für Anagramme hab ich ein Händchen weg«, erklärte er seinen Geistesblitz. »In den Ferien helfe ich Tante Bernard oft bei ihren Zeitungsrätseln.«

Mufford schüttelte staunend den Kopf.

»Aber ist dir klar, was das bedeutet?«, sagte Mr Luckless. »Vielleicht hat Greenbeard seinen Schatz überhaupt nicht auf einer fernen Insel vergraben. Vielleicht hat er ihn mit zurück nach Modermoor Castle gebracht und hier verscharrt.«

»Aber wo, Sir?«, meinte Mufford. »Ohne dass wir den Hinweis kennen, den Sponge gesehen hat, hilft uns diese Vermutung nicht sonderlich weiter.«

Mr Luckless sank auf seinem Stuhl zusammen.

»Du hast natürlich recht. Wir könnten jahrelang suchen und ihn trotzdem nie finden. Eigentlich ist der Gedanke sogar schlimmer, dass er sich uns zum Hohn hier in der Nähe verbirgt.«

Die Jungs nickten zustimmend.

»Ihr wisst aber, dass die Sage geht, der Geist von Greenbeard bewache seinen Schatz?«, fuhr Mr Luckless fort.

»D... d... Geist?«, stotterte Sponge.

»Das ist selbstverständlich vollkommener Quatsch«, sagte Mr Luckless. »Die Piraten waren eine abergläubische Bande, und die Sage hatte offensichtlich den Zweck, sie und andere von der Suche abzuhalten.«

»Schuljungen sind auch sehr abergläubisch«, meinte Sponge.

»Manche«, sagte Mufford mit einem tadelnden Seitenblick auf seinen Freund.

Die Jungen verließen ihren Geschichtslehrer und gingen zum Mittagessen. Sie waren kaum zwei Schritte von Mr Luckless' Klassenzimmer entfernt, da erspähte Mufford etwas.

»Schau. Hinter der Säule. Da ist Kennington«, rief er.

Beim Klang seiner Stimme verschwand der bekannte Haarschopf aus dem Blickfeld, und als Mufford und Sponge die Stelle erreichten, an der sie ihn gesehen hatten, war der ganze Kennington weg.

»Was schleicht er hier herum?«, sagte Sponge. »Meinst du, er hat mitgehört, was wir gerade geredet haben?«

»Wer weiß?«

Sie beschlossen, trotzdem zum Mittagessen in den Speisesaal zu gehen, wo sie sich hinter Bottleneck, Filbert und Enderpenny in die Warteschlange einreihten.

»Nicht schon wieder Schlachtabfälle, Mrs Glump«, sagte Mufford, als ein großer glibbriger Klumpen auf seinen Teller platschte.

»Was spricht gegen Schlachtabfälle?«, sagte Mrs Glump und wischte sich die Nase am Ärmel ab. »Auf Schlachtabfällen wurde dieses Land errichtet.«

Mufford und Sponge schlenderten mit ihren Tabletts an einen Tisch und setzten sich einander gegenüber. Bottleneck und Enderpenny saßen mit Kennington am Nachbartisch.

»Schau dir Kennington an«, sagte Sponge. »Warum grient er so selbstzufrieden?«

Mufford verzog böse das Gesicht. Es stimmte, Kennington sah wirklich besonders zufrieden mit sich aus.

»Ich wage zu behaupten, dass wir das über kurz oder lang herausfinden. Aber jetzt müssen wir uns in wichtigere Dinge verbeißen.«

Sponge betrachtete den Fleischabfallklumpen auf seinem Teller.

»Nicht den«, sagte Mufford. »Im übertragenen Sinn.«

Sponge starrte ihn mit halboffenem Mund an.

»Ach, Schwamm drüber«, sagte Mufford.

Eine Piratenschule

Mufford erwachte am nächsten Morgen vom Gesang der englischen Vogelwelt vor seinem Fenster und in seinen Ohren. Doch als er die Augen aufschlug, erblickte er über sich den Direktor mit seinem Krokodilslächeln.

»Verflixt«, sagte Mufford und weckte Sponge.

»Verflixt«, sagte Sponge.

»Darf ich euch beide wohl ersuchen, mich so bald wie möglich in mein Büro zu begleiten?«, sagte der Direktor. »Wenn ihr so freundlich sein wollt …«

Die Freunde standen auf, zogen sich rasch an, schlüpften in ihre Hausschuhe und folgten dem Direktor in sein Büro, wo er ihnen eine Zeitung hinwarf. Die Schlagzeile lautete:

PIRATENSCHULE

Schiff ahoi! Modermoor Castle in Cumberland ist jetzt eine Schule für Piraten. Arthur Mufford, hochwohlgeboren von den Muffords aus Berkshire, hat entdeckt, dass er ein Nachfahre des berüchtigten Piraten Greenbeard ist, und nun ist die gesamte Anstalt im Piratenfieber und sucht den eigentlich verloren geglaubten Schatz dieses Greenbeard. Wie weit ist es mit unserem Erziehungssystem gekommen? Sir Brashly Bugle, der Vorsitzende des Schulbeirats an der Modermoor-Castle-Schule für Piraten, war für einen Kommentar nicht zu erreichen.

Dann folgte eine wenig schmeichelhafte – und zum überwiegenden Teil frei erfundene – Beschreibung der Zustände in Modermoor Castle.

Der Direktor tippte auf die Zeitung. »Was hat das zu bedeuten? Ich dachte, unser kleines Gespräch bleibt unter uns.«

»Das dachte ich auch«, sagte Sponge. »Haben Sie es jemandem erzählt, Sir?«

»Ob ich es jemandem …? Nein, *ich* habe es niemandem erzählt, Spongely-Partwork – *Du* hast es jemandem erzählt.«

»Nein, das habe ich ganz gewiss nicht.«

Dann schauten sie beide Mufford an.

»Na, ich schon gar nicht!«, rief der. Doch seine Stimme war mehrere Oktaven höher, als ihm lieb war.

»Und was hat es mit diesem Unsinn auf sich, dass du ein Nachfahre Greenbeards bist?«, rief der Direktor.

»Das ist leider wahr, Sir. Mr Luckless hat es uns erzählt ... Moment mal ...«

Mufford kniff die Augen zusammen.

»Kennington!«

»Genau!«, rief Sponge. »Er hat vor der Tür von Mr Luckless' Klassenzimmer herumgelungert. Wir haben ihn gesehen, als wir rausgegangen sind, Herr Direktor. Er muss uns belauscht haben.«

»Aha«, sagte der Direktor. »Kennington kommt aus einer langen Linie von Lungerern. Sein Vater war ein berühmter Lungerer. Ich glaube auch, dass einer seiner vielen Onkel bei der Klageszeitung arbeitet.«

»Deshalb hat Kennington gestern beim Mittagessen vor Zufriedenheit nur so gestrotzt. Er muss die Geschichte der Zeitung verkauft haben«, vermutete Mufford.

»Ich fürchte, die Tatsache, dass wir wissen, dass es Kennington war – wenn er es denn war –, hilft uns absolut nicht weiter. Im Gegenteil, es macht die Sache schlimmer. Zu allem Überfluss ist nämlich seine Mutter seit kurzem Mitglied des Schulbeirats. Und leider wird es weder bei den Beiräten noch bei den Eltern gut ankommen, dass die Verbindung der Schule zu Piraten öffentlich bekannt geworden ist. Sie werden glauben, dass ich aus lauter Verzweiflung nach dem Schatz suche. Und das wiederum wird Sir Brashly Bugles Pläne befördern, uns zu schließen.«

Mufford und Sponge gingen vom Direktor gleich zum Frühstück. Kennington saß mit ein paar anderen Jungs zusammen. Er gluckste wie ein leicht zu amüsierendes Warzenschwein. »Ahoi! Da kommt Käpt'n Mufford.«

»Lungerer«, sagte Sponge. »Du hast gelauscht.«

»Ach, nein … Wenigstens waren meine Vorfahren keine Piraten.«

»Nein, möglicherweise nicht«, sagte Mufford. »Ich würde eher auf gewisse Nagetiere tippen.«

Kennington ärgerte sich.

»Ich wünschte, meine Vorfahren wären Piraten«, sagte Enderpenny. »Ich komme aus einer langen Linie von Sockenverkäufern.«

»Ja«, meinte auch Bottleneck. »Was ist so schlimm daran, dass Mufford einen Piraten im Stammbaum hat. Ich finde es ziemlich aufregend.«

»Da hast du's, Kennington. Wen schert's?«, sagte Mufford.

»Du kannst so lange versuchen, dich da rauszuwinden, wie du willst, Mufford«, erwiderte Kennington. »Aber genau genommen sind Piraten Diebe, und niemand mag Diebe.«

Die Jungen starrten alle Mufford an.

»Das ist wahr, Löffel … äh, entschuldige, ich meinte ›Sponge‹«, sagte Mufford.

»Warum hast du mich ›Löffel‹ genannt, Mufford?«,

sagte Sponge. »Aah, verstehe. Du hast an den Löffeldieb gedacht. Sehr gut.«

Kenningtons Augen sprangen hin und her wie Tennisbälle bei einem Doppel. Er bedeutete Mufford und Sponge durch eine Handbewegung mitzukommen und ging mit ihnen in eine abgelegene Ecke neben der Toilette.

»Ihr habt versprochen, dass ihr die Sache mit mir und dem Schullöffel niemals erwähnt«, fauchte er sie an.

»Das galt so lange, wie wir vergessen haben, was für ein Stinkstiefel du bist«, sagte Sponge.

»Schon gut, schon gut.« Kennington senkte die Stimme. »Was, wenn ich mir mit der Piratengeschichte ein bisschen Geld verdient habe? Wem schadet es denn?«

»Der Schule. Die ist in Gefahr. Der Direktor befürchtet, dass wir geschlossen werden«, sagte Sponge.

»Pah«, sagte Kennington. »Schön wär's.«

»Aber wir werden alle wer weiß wohin geschickt«, sagte Mufford. »Willst du das?«

»Ja. Ich hasse es hier. Und zu allem Überfluss ist meine teure Mutter jetzt im Beirat für die Schule«, erwiderte Kennington. »Wisst ihr, was das bedeutet? Es bedeutet, dass sie, wann immer sie es für nötig hält, hier in Modermoor herumschnüffeln kann. Sie wird mit dem Direktor sprechen. Könnt ihr euch das vorstellen?«

Die Jungs mussten zugeben, dass Kennington nicht unrecht hatte. Der Horror einer neugierigen Mutter war allzu real.

»Trotzdem«, wandte Sponge ein. »Du willst doch nicht etwa erleben, wie deine Freunde in alle Himmelsrichtungen zerstreut werden?«

»Freunde?«, sagte Kennington bitter und drehte sich von ihnen weg. »Ich habe keine echten Freunde, und das wisst ihr ganz genau.«

»Das stimmt doch gar nicht«, sagte Mufford, aber überzeugt klang er nicht.

Kennington betrachtete seine Schuhe.

»Hat deine Mutter irgendwas über einen Besuch der

Schule gesagt?«, fragte Mufford. »Also in ihrer Eigenschaft als Beirätin?«

Kennington nickte.

»Ja, sogar einen baldigen«, erwiderte er und schaute sie wieder an.

Das verschlug Mufford und Sponge den Atem. Kennington schmunzelte in sich hinein.

»Du scheinst dir keine übermäßigen Sorgen zu machen«, bemerkte Mufford.

»Na ja, eigentlich findet meine Mutter Modermoor Castle schon lange ungeeignet für meine vielfältigen Talente und meine zartbesaitete Seele.«

»Finden wir das nicht alle?«, sagte Mufford.

»Sie hat sich nach Schulen im Ausland umgesehen«, sagte Kennington, ohne auf Mufford einzugehen. »Eine im Süden Frankreichs wirkt besonders verlockend – Le Petit Prince heißt sie. Deshalb: Je eher Modermoor Castle geschlossen wird, desto besser. Mit Hagel und Schnee war's das dann für mich, Jungs. Ich werde meine Zehen in die warmen azurblauen Wasser des Mittelmeers tauchen.«

Vor sich hin pfeifend wanderte Kennington von dannen.

Felicity Fallowfield schlägt wieder zu

In der Pause gingen Mufford und Sponge noch einmal in die Bibliothek, aber *Seeräuberei – das große Handbuch für Väter und Söhne* lieferte keine weiteren Anhaltspunkte dazu, wo sich der Schatz befinden mochte. Erneut versuchte Sponge seinem Gehirn gut zuzureden, damit es sich daran erinnerte, was auf dem Segel der Goldenen Totenkopf gestanden hatte. Aber wie so oft, wenn er versuchte, sein Gehirn zu etwas zu überreden, schlief er tief und fest ein. Als er aufwachte, sah er, wie Mufford in einer Zeitung las.

»Warum liest du die Klagezeitung, Mufford?«, fragte er empört. »Unterstütze sie doch nicht.«

»Psssst!«, zischte Miss Foxing.

»Felicity Fallowfield hat wieder zugeschlagen«, flüsterte Mufford. »Sie hat der Infantin von Fandango ihren Smaragd gestohlen. Ihn ihr sozusagen vor der Nase weggeschnappt. Und die ist offensichtlich groß.«

»Größer als der Smaragd?«, fragte Sponge.

»Das wird nicht klar gesagt.«

»Wer ist Felicity Fallowfield?«

»Also wirklich, Sponge. Du musst dich bemühen, dich besser über das Wohin und Woher des Lebens auf dem Laufenden zu halten. Felicity Fallowfield ist eine Erzschurkin und Verwandlungskünstlerin. Die berühmteste Zwölfjährige im ganzen Britischen Weltreich – wahrscheinlich in der ganzen uns bekannten Welt.«

»Ich bin überrascht, dass du das Treiben einer Erzschurkin als heldenhaft betrachtest, Mufford.« Sponge grinste verschmitzt. »Vielleicht hatte Kennington recht, was deinen Hang zur Seeräuberei betrifft.«

Als Mufford sah, dass Miss Foxing sie böse anschaute, legte er die Zeitung weg, schlug vor, dass sie die Unterhaltung woanders fortführten, und sie verließen die Bibliothek.

»Ich sage nicht, dass sie eine Heldin ist, Sponge. Man mag ihre Räubereien nicht gutheißen, aber ihren Elan und ihre Tollkühnheit muss man einfach bewundern. Sie würde den Schatz der Goldenen Totenkopf im

Handumdrehen finden und sich bei der Flucht trotzdem noch die Zeit nehmen, uns durchs Haar zu zausen, in die Nase zu zwicken und auf die Zehen zu treten.«

»Ich will aber nicht, dass man mir in die Zehen zwickt.«

»Nein, in die Zase, äh, Nase … ach, schon gut.«

»Was machen wir?«

»Ich weiß es nicht, Sponge. Wie geht es deinem Kopf?«

»Besser, danke.«

»Irgendwelche Ideen, wo der Schatz begraben sein könnte?«

Sponge seufzte.

»Leider keine.«

»Vielleicht sollten wir mal anfangen, so zu denken wie ein Pirat.«

»Spannend. Was für ein Pirat bin ich dann?«

»Ist das wichtig? Ein ganz normaler.«

Sponge bedachte das.

»Und? Denkst du schon wie ein Pirat?«, fragte Mufford erwartungsvoll.

Sponge überlegte noch ein bisschen, stieß schließlich einen großen erschöpften Seufzer aus und verneinte.

»Ich versuche mir immer noch vorzustellen, was für einen Hut ich tragen würde«, sagte er.

»Hut? Was spielt denn der Hut für eine Rolle?«

»Ich muss mich schließlich in die Rolle hineindenken.«

Da war auch Mufford ratlos und seufzte. Sponge ächzte und sank ermattet auf die Steinstufen des Kreuzgangs.

»Also, der Schatz könnte überall sein, und wir wissen nicht einmal mit Sicherheit, ob er im Schulgebäude selbst ist. Nach allem, was wir uns zusammenreimen, könnte er auf dem Gipfel des Pug's Peak sein. Oder tief im Inneren der Grube Modermoor.«

»Auch wieder wahr. Aber irgendwas müssen wir austüfteln. Die ganze Schule ist von uns abhängig. Die Zukunft von Modermoor Castle steht auf dem Spiel.«

Plötzlich kam es Sponge vor, als beobachte ihn jemand. Er schaute sich um und erwartete schon, dass Kennington wieder in der Nähe lauerte.

Aber nein, er sah einen Papagei, der direkt über ihren Köpfen in einem Fenster saß. Er war leuchtend grün und trug eine Augenklappe. Feindselig schaute er mit seinem wachsamen anderen Auge zu Sponge hinunter. »Da!«, schrie Sponge.

Mufford schaute hin, sah aber nur ein leeres Fenster. »Was?«

»Da war ein Papagei, Mufford! Ein grüner! Mit Augenklappe.«

Mufford musterte ihn.

»Sollen wir dich wohl zu Schwester Charlatan bringen, Sponge? Vielleicht hat dein Gehirn von dem Schlag auf den Kopf doch einen bleibenden Schaden erlitten.«

»Er war da! Ich schwöre es!«

Plumpsender Wasserspeier

Mufford und Sponge stritten sich immer noch darüber, ob der einäugige Papagei echt gewesen war oder nicht, da sahen sie den Direktor, der mit einem ihnen vollkommen unbekannten Jungen im Flur vor seinem Büro stand. Der Junge hatte das schwarze Haar ordentlich gescheitelt, war schlank und blass und wirkte schüchtern.

»Ah, meine Knaben«, sagte der Direktor lächelnd, als sie auf ihn zuliefen. »Da ihr gerade vorbeikommt, kann ich euch vielleicht bitten, dass ihr euch mit diesem Neuankömmling anfreundet und ihm ein warmes Willkommen bereitet, wie es an unserer Schule üblich ist.«

Mufford und Sponge wechselten einen überraschten Blick. Obwohl Modermoor Castle die baldige

Schließung drohte, nahm der Direktor wahrhaftig noch einen neuen Schüler auf.

»Natürlich«, sagte Mufford.

»Selbstverständlich«, sagte Sponge.

»Wenn ich euch aber eben noch unter sechs Augen sprechen könnte …«

Sie ließen den neuen Schüler draußen stehen und folgten dem Schulleiter ins Büro.

»Ganz offensichtlich findet ihr es befremdlich, dass ich in dieser Zeit einen neuen Jungen in der Schule aufnehme«, flüsterte er. »Aber ich kann euch versichern, ich habe alles getan, um seinem Vormund die Sache auszureden.«

»Seinem Vormund?«

»Ja, das arme Kerlchen ist Vollwaise. Allerdings haben seine Eltern gut für ihn vorgesorgt und offenbar in ihrem Testament bestimmt, dass er unsere Schule besuchen soll. Der Vormund – eine Mrs Daffowlille – bestand darauf, dass ihr Mündel, ganz egal, was es für Probleme an der Schule gibt, so lange wie möglich hierbleiben soll. Selbst wenn es sich nur um ein paar Tage handelt. Wichtiger allerdings ist, dass sie für das Schulhalbjahr im Voraus bezahlt hat. Auch Kleinvieh macht Mist – ha, ha, Jungs.«

Mufford und Sponge nickten beifällig, und der Direktor brachte sie wieder nach draußen, wo der neue Junge geduldig wartete.

»Dann viel Spaß«, sagte der Direktor und zog sich wieder in sein Büro zurück.

»Wie heißt du?«, erkundigte sich Mufford bei dem neuen Jungen.

»Newboy«, sagte der neue Junge.

»Ach, wirklich?«, staunte Sponge.

»Ja, so heiße ich.«

»Newboy?«, fragte Mufford.

»Und du bist ein neuer Junge?«, sagte Sponge.

Der neue Junge Newboy zuckte mit den Achseln.

»Mein Name ist ein merkwürdiger Zufall, das gebe ich zu. Aber so ist es nun mal.«

»Wir kümmern uns um dich, was, Mufford?«, sagte Sponge.

»Natürlich«, sagte Mufford, und an den Jungen gewandt: »Zwei bessere Leute, die dich in Modermoor Castle einführen, findest du nicht.«

Er und Sponge nickten feierlich.

»Ich erinnere mich an meinen ersten Tag«, sagte Sponge. »Damals habe ich insgeheim gedacht, ich wäre nie an einem so wenig einladenden, grauenhaften Ort gewesen, so kalt und trostlos. Und er hatte absolut nichts Positives.«

»Und jetzt?«, fragte Newboy hoffnungsvoll.

»Denke ich immer noch so. Tagaus, tagein. Jeden einzelnen Tag.«

»Ich auch«, sagte Mufford.

Newboys Unterlippe begann zu zucken.

»Aber keine Bange.« Mufford klopfte ihm auf die Schulter. »Das wird schon. Meinst du nicht auch, Sponge?«

Sponge zuckte eher gleichgültig mit den Achseln.

»Komm, Newboy, wir machen einen Rundgang durch die Schule«, sagte Mufford. »Nur Mut. Es ist traurig, muss aber sein.«

Newboy schluckte.

»Wo fangen wir an?«, sagte Sponge.

»Na, unseren ruhmreichen Direktor hast du ja schon kennengelernt.« Mufford legte Newboy den Arm um die Schultern. »Er ist so irre wie eine Hose voll Wespen und hat ein Lächeln, das ein heranpreschendes Nashorn aufhalten würde. Aber solange du dich von ihm fernhältst, ist er relativ harmlos.«

Newboy war mittlerweile den Tränen nahe.

»Miss Picky, die Schulsekretärin, kennst du auch

schon«, sagte Sponge frohgemut. »Sie ist ganz in Ordnung.«

»Ja«, sagte Mufford. »Aber geh nie davon aus, dass sie Humor hat. Sponge hat das einmal irrtümlich angenommen, stimmt's, Sponge?«

Sponge schauderte es noch bei der Erinnerung. Die Jungs führten den zunehmend besorgten Newboy auf den Schulhof, wo Mufford den Blick gen Himmel richtete. Newboy tat es ihm gleich.

»Modermoor Castle hat vier Türme«, erklärte Mufford und zeigte mit dem Finger darauf: »den Schwankenden Turm, den Wankenden Turm, den Einigermaßen Stabilen und den Bebenden Turm. Der Bebende Turm ist der mit der Uhr und Big Bob der mit der größten Schulglocke. Bei der Gelegenheit sei gleich gewarnt: An deren schreckliches Schlagen gewöhnst du dich nie.«

Wie aufs Stichwort schlug Big Bob zur vollen Stunde, und das ganze Schulgebäude erzitterte in seinen Grundfesten. Von irgendwoher hoch über ihnen plumpste ein steinerner Wasserspeier mit der Nase voran herab und schlug Newboy beinahe den Schädel ein.

»Bedauerst du die Entscheidung für Modermoor Castle?«, fragte Mufford.

»In einiger Hinsicht, ja«, sagte Newboy kläglich und beäugte den fratzenschneidenden Wasserspeier.

»Vielleicht sollten wir dich mit ein paar von den anderen Jungs bekannt machen.« Sponge lächelte aufmunternd.

»Ja, finde ich auch«, erwiderte Mufford. »Irgendwann muss er sie kennenlernen. Komm, Newboy.«

Als sie um eine Ecke bogen, saßen einige ihrer Mitschüler an ihrem üblichen Platz. Kennington hatte sie alle um sich versammelt. Mufford und Sponge stellten Newboy Enderpenny, Bottleneck, Footstool, Furthermore und Filbert vor.

»Der Bursche mit der spitzen Nase und dem Kaktushaar, der so dämlich vor sich hin labert wie ein Walross, ist Kennington«, bemerkte Mufford. »Lass dich nicht mit ihm ein.«

»Ja«, pflichtete Sponge seinem Freund bei. »Er ist eine Schande für die Schule.«

»Genauer gesagt, er hat der Presse die Geheimnisse der Schule verraten. Er denkt an niemand anderen als an sich selbst.«

Als sie sich zu der Gruppe Jungs gesellten, erzählte Kennington gerade eine Geschichte zu Ende. Furthermore verdrehte in einem fort die Augen.

»Oho«, sagte Kennington. »Wer ist denn das?«

»Er ist neu«, antwortete Sponge. »Wir kümmern uns um ihn.«

»Aha, neu«, sagte Kennington. »Wie heißt du?«

»Er heißt Newboy«, sagte Mufford.

»Newboy?«, staunte Kennington. »Aber –«

»Es ist Zufall«, kam Sponge ihm zuvor.

»Warum um alles in der Welt hängst du mit diesen Haarballen herum? Kennington ist mein Name. Komm mit – ich zeig dir die Schule.«

»Das haben wir schon erledigt«, sagte Mufford.

»Ha, ha«, sagte Kennington. »Die beiden könnten dir nicht mal ihre eigenen doofen Gesichter zeigen.«

»Was für ein Stuss!«, empörte sich Sponge.

Die Bemerkung wedelte Kennington beiseite, aber

zu Muffords und Sponges äußerster Verwunderung wanderte Newboy mit Kennington davon, ohne auch nur einen Blick zurückzuwerfen.

»Also, dass er ausgerechnet –«

»Sei nicht zu streng mit ihm, Mufford. Er ist neu.«

»Trotzdem«, erwiderte Mufford. »Ich bin enttäuscht.«

Aus dem Augenwinkel heraus sah Sponge einen grünen Blitz.

»Der Papagei! Da ist er wieder.«

Mufford schaute hin, aber der Vogel war schon weggeflogen.

»Er war da«, sagte Sponge, als Mufford ihn wieder skeptisch beäugte.

»Jetzt mal ernsthaft, Sponge«, erwiderte Mufford. »Allmählich mache ich mir Sorgen um dich. Ein Cousin von mir dachte immer, er sähe den Schriftsteller Charles Dickens vor sich. Aber es hat sich herausgestellt, dass es sich nur um einen Hutständer handelte. Jetzt ist er Mitglied des Parlaments. Der Cousin, nicht der Hutständer. Also pass bloß auf!«

»Ich hab ihn mir nicht eingebildet. Er war da. Das weiß ich. Ich habe ihn genauso deutlich gesehen wie jetzt dich.«

Aber Mufford war schon weitergegangen.

Miss Bronteen packt aus

Nach dem Ende der Pause liefen Mufford und Sponge zum Englischunterricht bei Miss Bronteen. Bei ihrem Eintreten sahen sie Newboy neben Kennington sitzen. Er winkte ihnen zu. Sponge winkte zurück. Mufford schaute ihn nur böse an.

Wie meist stand Miss Bronteen am Fenster und starrte auf die wind- und regengepeitschten Moore hinaus.

»Heute«, sagte sie, »widmen wir uns den Werken der Trübseligen Dichter …«

»Nein! Nicht schon wieder die Trübseligen Dichter«, flüsterte Mufford, als die Jungs zu ihren Plätzen gingen.

»Mecker nicht!«, zischte Kennington.

»Holt eure Bücher heraus, und schlagt Seite 178 auf.

Ob du wohl anfangen möchtest, Master Spongely-Partwork?«

Sponge hasste es, laut vor der Klasse vorzutragen. Jetzt wurde er so wuschig, dass er kaum das Buch gerade halten konnte und Mufford sogar die richtige Stelle für ihn finden musste. Die Seiten zitterten derart heftig in seiner Hand, dass er die Worte kaum erkennen konnte.

»O… O… Ode an den Jammer«, las er bebend vor. »Von Lord D. Pression.«

Dann aber räusperte er sich, warf sich in die Brust und legte los.

»›O Jammer, o –‹«

»Miss«, meldete sich Newboy. »Warum schauen Sie aus dem Fenster? Auf das Modermoor?«

Wie aus einem Munde schnappten alle anderen Jungs nach Luft. Noch nie hatte jemand Miss Bronteen gefragt, warum sie das tat. Allgemein hielt man das für wenig sinnvoll.

Als Miss Bronteen die Frage hörte, durchlief sie ein fast unmerklicher Ruck. Doch bis sie sich endlich umdrehte und die Klasse anschaute, verging eine kleine Ewigkeit.

»Wie heißt du?«, fragte sie.

»Newboy«, sagte der neue Junge.

»Weißt du«, sagte Miss Bronteen mit einem schiefen Lächeln, »dass mir diese Frage noch nie jemand gestellt hat. In all den vielen Jahren nicht einer.«

»Ja«, sagte Kennington und schaute Newboy stirnrunzelnd an. »Aber er ist neu. Er versteht nicht –«

»Sei still, Kennington«, sagte Miss Bronteen. »Ich glaube nämlich, ich möchte es euch erzählen. Wenn ihr es hören wollt.«

Natürlich, unbedingt, sagten die Jungs. (Alles, nur um noch eine Runde Trübselige Dichter zu vermeiden!)

Miss Bronteen ging durch den Klassenraum und setzte sich an ihr Pult. Sie starrte wieder lange vor sich hin, und als sie dann ihre Schüler anschaute, glitzerten Tränen in ihren dunklen Augen.

»Alles begann, als ich eine junge Frau war und das Leben noch vor mir hatte. Ich war sorglos wie eine Forelle … Ihr wisst wahrscheinlich nicht, dass ich von hier ganz in der Nähe komme.«

Die Jungs schauten einander an. Sie wussten nichts von ihr. Von keinem ihrer Lehrer wussten sie viel. Lehrer waren Lehrer. Wer wollte schon wissen, wie sie wurden, was sie waren? Da konnte man auch darüber nachdenken, warum man Nasenhaare hatte.

»Ja, so ist es. Ich komme aus Niedermodermoor, nur wenige Kilometer von hier entfernt. Als junges Mädchen bin ich oft durch die Heide und das Moor gestreift und habe schweifende Reime verfasst. Regen oder Hagel, es focht mich nicht an. Ich kannte jeden Fels und jeden Bach – jeden Schafsköttel – in- und auswendig. An einem schicksalhaften Tag dann sah ich ihn. Durch den Nebel kam er auf einem kohlschwarzen Ross auf mich zugeritten. Das Tier erschrak, als es mich sah, bäumte sich auf und warf seinen Reiter ab. Wie gelähmt lag er auf der Erde. Ich rannte ihm zu Hilfe, beruhigte das Pferd und bemühte mich nach Kräften, den gefallenen Reiter wiederzubeleben. Nach ein, zwei Momenten kam er wieder zu Bewusstsein und schaute zu mir empor, als sei mein Gesicht das Einzige, was für ihn zählte. Er sagte, seine Eltern seien Schafzüchter, und die Schafe seiner Familie knabberten seit Jahrhunderten die Hänge des Pug's Peak ab. Ich sah sofort, dass er zwar ungeschliffen und ungebildet, aber unglaublich

hübsch, ehrlich und bescheiden war, Eigenschaften, nach denen sich die eitlen Jünglinge, die ich nach dem Willen meines Vaters heiraten sollte, nur die Finger lecken konnten. An Ort und Stelle entbrannten wir in Liebe zueinander und schworen uns, niemals auseinanderzugehen.«

Miss Bronteen stockte und wischte sich eine Träne aus dem Auge. Mufford und Sponge studierten eindringlich ihre Schuhe.

»Doch eines Tages kam ich zu unserem Treffpunkt, und er war nicht da«, fuhr Miss Bronteen fort. »Trotz der Launen des Wetters wartete ich stundenlang. Der Nieselregen nieselte erbarmungslos. Es nieselte ohne Halt, ein wahres Geniesel und Gefissel. Klatschnass bis zur siebten Schicht meiner Unterwäsche wartete ich eine Ewigkeit. Doch er kam nicht. Vor lauter Angst, dass ihm ein furchtbares Unheil widerfahren war, erkundigte ich mich bei seiner Familie und erfuhr, dass er weggegangen war. Weggegangen, um Buchhalter zu werden, und ohne die Absicht, jemals zurückzukommen. Offenbar auch, ohne einen Gedanken an mich zu verschwenden. Ohne ihn verlor mein Leben jeden Sinn. Ich sah keinerlei Zukunft für mich. Absolut keine. Und vollkommen verzweifelt entbehrte ich bald jeglicher Lust am Leben und sank immer tiefer. Schließlich wurde ich – schluchz! – Lehrerin.«

Miss Bronteen weinte krampfhaft, trompetete durch die Nase, warf sich über ihr Pult und stöhnte wie ein weidwunder Wal.

»Wenn ich manchmal …«, fuhr sie nach ein paar Minuten fort, als sie sich gefasst hatte, »… wenn ich manchmal auf die Moore hinausschaue und das Wetter besonders garstig ist, stelle ich mir vor, dass er immer noch da steht. Und obwohl ich in meinem tiefsten Inneren weiß, wie närrisch das ist, halte ich Wache.«

Miss Bronteen stand auf, ging wieder zum Fenster, drehte den Jungs den Rücken zu, und dann war es plötzlich, als hätte sie ihnen das alles gar nicht erzählt. Sie war wie immer.

»Männer sind niederträchtige, treulose Gesellen«, deklamierte sie grämlich. »Wiederholt das, Schüler …«

»Männer sind niederträchtige, treulose Gesellen.«

»Sehr gut, sagt das so lange auf, bis es klingelt.«

9

Ein Brief vom Schulbeirat

Mufford und Sponge verließen den Klassenraum mit den anderen Jungs und gingen zu ihrer nächsten Stunde.

»Ob Miss Bronteen wohl jemals die Liebe ihres Lebens wiederfindet?«, überlegte Sponge. »Ich gestehe freimütig, es hat mir schier das Herz, das pochende, zerrissen.«

»Was ist in dich gefahren, Sponge? Du klingst wie ein Dichter.«

»Verzeihung«, sagte Sponge ganz bedröppelt. »Ich weiß auch nicht, was mich da überkommen hat.«

»Na, mir macht im Moment mehr Sorge, dass Newboy von Kennington vom rechten Wege ab –«

Da erschien plötzlich der Direktor in der Tür seines

Büros, packte Mufford und Sponge am Schlafittchen und zerrte sie hinein. Nachdem er die Tür zugeknallt hatte, zeigte er auf einen Brief in seiner Hand.

»Die letzte Hoffnung ist dahin.« Selbst sein Lächeln war ins Wanken geraten. »Schaut!«

Er hielt ihnen den Brief vor die Nase.

»Was für ein seltsamer Brief«, meinte Sponge. »Ich dachte, Schulbeiräte drückten sich feiner aus.«

»Ich habe euch gesagt, dass Sir Brashley Bugle ein alter Haudegen ist«, erwiderte der Direktor. »Beim Militär reden vermutlich alle so.«

»Also, Sir, meine Tante Bernard hat im Garderegiment gedient, und sie drückt sich sehr gewählt aus«, hielt Sponge dagegen.

»Sei dem, wie ihm sei«, sagte der Direktor. »Tatsache ist, dass die Mitglieder des Schulbeirats auf dem Weg hierher und möglicherweise bewaffnet sind. Sie können jeden Moment hier eintreffen. Es sieht trostlos für uns alle aus. Trostlos wie ein Mittwoch.«

Obwohl das Lächeln des Direktors noch halbwegs an Ort und Stelle saß, war sein Blick aufgewühlt, und um die Nase herum zuckte es erregt.

Auf dem Weg zur nächsten Stunde – Kunst bei Mr Riddell – bemerkte Sponge, dass er seine Stifte im Schlafsaal vergessen hatte, und ging sie holen.

Beim Warten auf seinen Freund schaute Mufford hinter sich und sah, wie Kennington mal wieder um das Direktorenbüro herumlungerte.

»Was machst du da? Was soll diese ewige Herumlungerei, Kennington? Was führst du im Schilde?«

»Ich kann alles erklären«, sagte Kennington, zog eine Taschenuhr mit Uhrenkette aus der Tasche und schwenkte sie Mufford vor dem Gesicht hin und her, hin und her.

»Wie genau erklärt eine hin- und herbaumelnde Uhr et–?«

Auf einmal verlor Mufford jeglichen Willen weiterzureden und verspürte nur noch den unwiderstehlichen Drang, den stetigen Bewegungen der glänzenden Taschenuhr mit den Augen zu folgen.

»Ich habe dich in meiner Gewalt«, sagte Kennington.

»Du hast mich in deiner Gewalt«, sagte Mufford.

»Wo ist der Schatz?«, sagte Kennington.

»Wo ist der Schatz?«, sagte Mufford.

»Plapper nicht alles nach, was ich sage, du Dämlack.«

»Plapper nicht einfach al–«

»Sag mir einfach, wo der Schatz ist.«

»Das wissen wir nicht.«

Kennington ächzte.

»Was habt ihr aber dann vor, du und Sponge?«

»Sponge hat einen Hinweis auf dem Segel eines Flaschenschiffs gesehen, doch er hat einen Schlag auf den Kopf bekommen und kann sich nicht erinnern.«

»Mist«, knurrte Kennington. »Wenn ich jetzt das Wort ›Ballon‹ sage, wirst du alles vergessen, was in den letzten zehn Minuten passiert ist.«

»Alles vergessen, was in den letzten zehn Minuten passiert ist«, wiederholte Mufford.

»Ballon«, sagte Kennington.

Mufford schüttelte den Kopf und schaute Kennington verwundert an.

»Kennington, was machst du hier?«

»Ich habe dich gerade das Gleiche gefragt. Erinnerst du dich nicht?«

»So richtig nicht, nein. Was habe ich denn geantwortet?«

»Du hast offenbar den Direktor gesucht.«

»Ach, echt? Und was hast du gemacht?«

»Ich habe ihn auch gesucht. Aber wie du siehst, ist er nicht da.«

Da kam Sponge zurück, und als Mufford auf ihn zuging, musste er einen leichten Schwindel aus seinem Kopf verscheuchen.

»Hallo, Sponge, wo bist du gewesen?«, fragte er.

»Na, im Schlafsaal natürlich, um meine Stifte zu holen«, erwiderte Sponge und schaute Mufford prüfend an. »Worüber hast du mit Kennington gesprochen, und warum hat er dir seine Uhr gezeigt?«

»Seine Uhr? Was um alles in der Welt meinst du?«

»Na, seine Uhr. Er hat sie vor deinem Gesicht hin- und herbaumeln lassen. Ich habe es gesehen.«

»So ein Quatsch, Hin- und Herbaumeln, Sponge. Das bildest du dir ein. Schon wieder. Bist du sicher, dass er keinen Papagei hin- und hergeschwenkt hat?«

Mufford kicherte über seinen Witz. Sponge nicht.

»Es war eine Uhr«, sagte er böse. »Und der Papagei war auch echt. Hast du Kennington nicht gefragt, was er im Schilde führt?«

»Er hat – wie ich auch – den Direktor gesucht.«

»Nein, das hast du nicht.

Du hast auf mich gewartet. Aus irgendeinem unerfindlichen Grunde bist du dann zu Kennington gegangen und hast mit ihm gesprochen. Auch das habe ich gesehen. Dann hat er seine Uhr geschwenkt.«

»Ich glaube, ich weiß sehr wohl, was geschwenkt und was nicht geschwenkt wurde, Sponge.«

»Na, beide können wir nicht recht haben.«

»Danke. Ich nehme deine Entschuldigung an. Breiten wir den Mantel des Schweigens darüber.«

Sponge öffnete den Mund, aber als keine Worte herauskamen, schloss er ihn wieder. Es klingelte, und sie gingen zur Kunststunde.

Das Geheimnis des *Mannes auf dem Moor*

Mr Riddell legte jedem Schüler ein Blatt Papier vor.

»So«, sagte er. »Ihr habt dreißig Minuten Zeit. Ich möchte, dass ihr die tiefsten, dunkelsten Winkel eurer Seelen zeichnet.«

»Nicht schon wieder«, grummelte Mufford.

»Und vergesst nicht, euren Namen deutlich unter eure Arbeit zu setzen. Ich will wissen, wessen Seele ich betrachte. Fangt an!«

Nach der Stunde wanderten die Jungs, die nun einer wie der andere den Sinn ihres Lebens in Zweifel zogen, hinaus vor die Schule, um frische Luft zu schnappen und den Kopf wieder klar zu kriegen.

»Schau dir das an«, sagte Sponge.

»Was?«, fragte Mufford.

»Das da!«, sagte Sponge und zeigte darauf. »Auf den Mooren. Auf der Felsnase steht ein Mann, zerzaust und zernieselt.«

Als die Jungs ein wenig deutlicher sehen konnten, rangen sie regelrecht nach Luft. Tatsächlich war die verschwommene Gestalt eines Mannes auf einer Felsnase zu erahnen.

Mufford kniff die Augen zusammen. »Ja. Genau wie ihn Miss Bronteen in ihrer traurigen Geschichte beschrieben hat.«

Die beiden Freunde staunten nicht schlecht.

»Es ist aber nicht schon wieder ein Gespenst, oder?«, sagte Sponge.

»Genau genommen waren der Wikinger in dem Ha-ha oder Enderpennys jammernde Frau in der Dachkammer keine Gespenster. Wenn das hier aber eins ist, kann man nicht ›schon wieder‹ sagen.«

Es nieselte kräftiger, die Gestalt verschmolz im Dunst und war nicht mehr zu sehen. Wieder schnappten die beiden Jungs nach Luft.

»Das ist alles sehr mysteriös, Mufford«, sagte Sponge.

»Aber haben wir Zeit für noch ein Mysterium,

Sponge? Wir müssen die Schule retten. Das Mysterium des Mannes auf dem Modermoor muss warten.«

»Aber sollten wir nicht Miss Bronteen Bescheid geben?«

»Was würden wir ihr denn sagen? Dass wir die undeutlichen, weit entfernten Umrisse eines Mannes im Nieselfissel gesehen haben? Ich finde, wir sollten ihre Gefühle nicht überstrapazieren. Gefühle sind gefährlich. Mein Vater leidet schrecklich darunter.«

»Aber –«, wandte Sponge ein.

Da zischelte jemand Unsichtbares: »Mufford! Sponge!«

Rasch drehten die Jungs sich um, sahen aber niemanden.

»Hier! Hier!«, zischelte es wieder.

Aus einem Torbogen in einem Stützpfeiler lugte Newboy hervor.

Er winkte sie zu sich.

»Hier herein«, sagte er, und sie folgten ihm durch den Torbogen.

»Wo ist dein neuer Freund Kennington?«, fragte Mufford.

»Kennington ist nicht mein Freund«, entgegnete Newboy. »Ihr habt euch nicht in ihm geirrt. Ich habe ihn ausspioniert. Es stimmt. Er heckt was aus.«

»Kennington heckt immer was aus«, sagte Mufford.

»Ich habe gesehen, wie er eine Uhr vor Muffords Gesicht hin- und hergeschwenkt hat«, sagte Sponge. »Und dann –«

»Hör nicht auf ihn, Newboy«, sagte Mufford. »Er hat einen üblen Schlag auf den Kopf abgekriegt, und jetzt ist seine Urteilsfähigkeit eingeschränkt.«

»Stimmt nicht!«, protestierte Sponge.

»Doch, doch«, sagte Mufford. »Du hast Papageien gesehen.«

Sponge öffnete den Mund, um sich zu verteidigen, aber Newboy redete zuerst.

»Kennington ist auch hinter dem Schatz her.«

»Was?«, rief Mufford. »Für sich selbst?«

Newboy nickte.

»Er will das Geld, will aber auch, dass der Direktor es nicht bekommt, um die Schule zu retten. Das hat er mir selbst gesagt.«

»Dann ist er sogar noch schlimmer, als ich gedacht habe«, sagte Sponge.

»Ich wiederum habe gedacht, dass ich mir sein Vertrauen erschleichen sollte und dann ein Auge auf ihn halten und euch alles berichten kann«, sagte Newboy.

»Hervorragende Idee«, sagte Mufford.

Newboy lächelte und ging. Mufford sah ihm nach und wandte sich dann an Sponge.

»Newboy ist ein Pfundskerl«, sagte er.

»Finde ich auch. Ich hoffe, wir werden gute Freunde.«

»Ja. Obwohl wir immer Mufford und Sponge sein werden, Sponge.«

Sponge lächelte.

»Er kann unser zweitbester Freund werden, Mufford.«

»Ja, ich finde ihn einen sehr würdigen Kandidaten für diesen Posten. Deine Zweifel an ihm waren unberechtigt.«

»Meine? Du warst doch auch skeptisch.«

»Psst jetzt, Sponge, verdirb diesen schönen Moment nicht.«

Die Jungs waren auf dem Weg zum Mittagessen, da hörten sie ein seltsames Quietschen. Als sie sich umdrehten, kam eine große Gestalt mit Kapuzencape und Dreispitz durch den Flur auf sie zugeglitten. Aus ihren Kleidern tropfte Regenwasser. In ihrem Schlepptau folgte eine Gruppe ähnlich gekleideter Gestalten.

»Hilfe!«, quiekten Mufford und Sponge.

»Arrr!«, erwiderte der Fremde beim Näherkommen und lüftete den Hut. Sein Gesicht war wegen der Kapuze nicht ganz zu erkennen, aber sie sahen, er hatte einen mächtigen Bart, lange schwarze Haare und goldene Ohrringe. Zwei große Pistolen und ein Entermesser steckten in seinem breiten Ledergürtel, dessen Schnalle dem Modermoor-Castle-Schulwappen nachgebildet war: ein geflügelter, grinsender Totenkopf.

Das linke Bein des Fremden ging nur bis zum Knie, daran festgeschnallt war ein Holzstock, der in ein quer verlaufendes Brett eingelassen war, an dessen beiden Enden sich Räder befanden.

Als er merkte, wo sie hinschauten, sagte er: »Was guckt ihr auf mein Bein?«

»Nein, ich …«, erwiderte Sponge. »Das heißt … ich … also …«

»Arrr, das wär man nicht sehr höflich, was? Das Unglück eines anderen Menschen zu begaffen.«

»Hab ich doch gar nicht«, sagte Sponge. »Ich hab … äh … auf das … Holz geschaut. Ich mag Holz gern. Stimmt das nicht, Mufford?«

»O ja«, sagte Mufford. »Er kann gar nicht genug davon kriegen. Er hat einen Holzfimmel.«

»Arrr«, sagte der Mann. »Den Rest von meinem Bein hat mir eine schlechtgelaunte Wasserschildkröte abgebissen. Nicht weit von der Straße von Malacca.«

»Klingt, als ob es weh getan hätte«, sagte Mufford. »Ich hab mir mal den Zeh in einer Tür geklemmt, und das hat tagelang weh getan.«

Der Fremde schaute etwas verblüfft drein.

»Aber bei Ihnen war es vermutlich schlimmer«, beeilte sich Mufford zu sagen. »Ähm … interessantes Dingsbums.«

»Arrr. Ja, die Vorrichtung, die ist 'ne geniale Erfindung von mir und meiner Erfindungskraft«, sagte der Fremde. »Die soll mir meine verlorene Beweglichkeit ein bisschen zurückgeben. Ihr habt ja gerade selbst gesehen, wie gut ich damit daherrollen kann. Ich nenn sie meinen patentierten Holzbein-Beweglichkeitsunterstützer.«

»Warum nicht Roller?«, meinte Mufford.

Der Fremde schaute ihn verblüfft an.

»Äh? Roller?«, sagte er und strich sich über den Bart. »Arrr. Recht bedacht, passt das Wort besser.«

»Können wir Ihnen irgendwie behilflich sein?«, sagte Sponge.

»Arrr!«, sagte der Mann, als falle ihm plötzlich wieder ein, was er ursprünglich vorgehabt hatte. »Ich hab mich doch angemeldet! Wir wärn man die Schulaufseher.«

Die Gruppe hinter ihm murmelte so manches bedrohliche »Arrr« und »Ay«.

Mufford und Sponge traten einen Schritt zurück.

»Ich wär der Käpt'n, äh … ich meine, der Vorstand des Beirats. Wo wär wohl der Direktor dieser Anstalt?«

»Vielleicht ruft er gerade das Kollegium in der Aula

zusammen, worum Sie in Ihrem Brief gebeten haben«, sagte Mufford.

»Woher weißt du was von dem Brief?«, knurrte der Beiratsvorsitzende und erhob sich drohend über Mufford.

Sponge fiepte.

»Der Direktor hat ihn uns gezeigt«, sagte er.

»Ach, hat er das?«, sagte der Beiratsvorsitzende und nahm sie genauer in Augenschein. »Interessant. Wie wär's, wenn ihr zwei Krabben mal loskrebst und dem Direktor sagt, wir wärn da.«

Mit diesen Worten stieß sich der Beiratsvorsitzende mit dem rechten Bein ab, stellte es dann zu dem anderen auf das Brett mit Rädern und rollte quietschend durch den Flur zur Aula. Die anderen Gestalten in Umhängen und Kapuzen folgten ihm, dann knallte die Aulatür hinter ihnen zu.

»Die waren aber komisch, fandest du nicht?«, sagte Mufford, als sie zum Büro des Direktors gingen.

»Ja, irgendwie schon. Aber ich habe noch nie Schulbeiräte getroffen. Manche sollen sehr komisch sein.«

»Ich frage mich, wer Kenningtons Mutter war.«

»Sir«, sagte Mufford, als der Direktor auf sie zukam. »Ich fürchte, die Beiräte sind da.«

Der Direktor seufzte.

»Na, wahrscheinlich war das unvermeidlich«, erwiderte er. »Ich werde das Kollegium und alle anderen Mitarbeiter zusammentreten lassen. Und dann versuchen wir, unseren Fall ordentlich darzulegen. Erklären, dass Modermoor Castle eine zu wichtige Bildungsstätte ist, als dass man sie einfach sterben lassen darf.«

Der Direktor entfernte sich.

»Ist das das Ende von Modermoor Castle, Mufford?«, fragte Sponge.

»Vielleicht ja, leider«, sagte Mufford.

»Ich will nicht in eine andere Schule geschickt werden«, sagte Sponge. »Modermoor Castle ist kalt und deprimierend – aber das sind viele andere Dinge auch.«

»Ganz deiner Meinung, alter Freund. Es kommt eben darauf an, wie man sie betrachtet. Trotzdem müssen wir tapfer sein.«

Ungefähr eine Minute lang versuchten sie, tapfer zu sein, fanden es dann aber viel zu anstrengend.

Noch eine Turmspitze zerbröckelt

Der Direktor rief alle seine Mitarbeiter zusammen, und gemeinsam schleppten sie sich zur Aula wie Gefangene zum Galgen. Mufford, Sponge und die anderen Jungs sahen ihnen nach. Selbst das härteste Herz wurde bei diesem Anblick weich.

»Was ist hier los?«, fragte Furthermore.

»Die Beiräte sind da«, sagte Sponge. »Sie haben ein Treffen mit dem Direktor, dem Lehrerkollegium und den übrigen Angestellten verlangt.«

»Die B-Beiräte?«, stotterte Kennington nervös. »Was? Meine Mutter ist hier?«

Flugs brachte er seine Kleidung in Ordnung, zog seine Krawatte gerade und zupfte an seiner Haartolle.

»Was wollen die Beiräte?«, fragte Enderpenny.

»Leider hat der Direktor uns gebeten, das vertraulich zu behandeln«, sagte Mufford.

»Sie sind hier, um diesen Saftladen zu schließen«, sagte Kennington.

»Was?«, schrien die Jungs.

»Es stimmt«, sagte Kennington, »und die da wissen es auch.«

Er zeigte auf Mufford und Sponge, denen nach einer Weile nichts anderes einfiel, als es zuzugeben.

»Er hat recht«, sagte Mufford und schaute Kennington böse an. »Die Schule steht offenbar vor dem Aus.«

»Aber warum?«, jammerte Newboy. »Ich bin doch gerade erst gekommen.«

»Der neue Beiratsvorsitzende findet die Erziehung hier zu lasch«, sagte Mufford. »Deshalb sind die Lehrer so bedrückt. Man kann sich ja auch nur schwer vorstellen, dass sie irgendwo sonst eine Anstellung finden.«

Die Jungs reagierten genauso wie Mufford und Sponge. Erst waren sie schockiert, dann entzückt, und als ihnen dämmerte, dass sie von ihren Freunden getrennt und wer weiß wohin geschickt werden würden, überkam sie eine tiefe Verzweiflung, nicht unähnlich der, die sie bei den Lehrern gesehen hatten.

Kennington allerdings sagte: »Kopf hoch, Jungs! Das ist beileibe nicht das Ende der Welt.«

»Er hat gut lachen«, sagte Mufford. »Seine Mutter schickt ihn zu irgend so einer Schule für Sensibelchen in Südfrankreich.«

Die Jungs drehten sich ausnahmslos böse zu Kennington um. Als er sah, dass das, was Mufford da verraten hatte, gar nicht gut ankam, holte er kurz Atem und hob eine Augenbraue.

»Es ist bloß eine von mehreren Möglichkeiten, die erwogen werden. Aber ich weigere mich, deswegen ein schlechtes Gewissen zu haben. Überall ist es doch angenehmer als an diesem schrecklichen Ort. Tut

nicht so, als gefiele es euch hier einen Deut besser als mir.«

Darauf fiel niemandem eine passende Antwort ein.

Mufford und Sponge, deren junge Hirne von der Ankunft der eigenartigen Beiräte immer noch völlig durcheinander waren, und die möglichst schnell von Kennington wegkommen wollten, liefen gerade über den Schulhof, da beschloss eine weitere Turmspitze, sich loszureißen und zur Erde zu plumpsen.

Sie krachte etwa zehn Meter tiefer in eine Zinne, wo ungefähr zwei Drittel hängen blieben, der Rest landete auf einen Dachfirst und zersplitterte in kleine Stücke, die in die Dachrinne regneten. Eines von diesen Stücken schlug oben auf einem Strebepfeiler auf und zerbrach in noch kleinere Bröckchen. Das größte davon – nicht größer als ein Entenschnabel – traf Sponge auf seinem stoppeligen Kopf und schlug ihn bewusstlos.

»Sponge!«, rief Mufford, hob seinen Freund auf und schüttelte ihn.

Als der nicht reagierte, gab er ihm ein paar kräftige Ohrfeigen.

»Au!«, sagte Sponge. »Das tat weh.«

»Ich habe mir Sorgen gemacht.«

»Dann erinnre mich, dass ich dir das nächste Mal,

wenn ich mir Sorgen um dich mache, auch ein paar Ohrfeigen verpasse«, erwiderte Sponge und rieb sich mit einer Hand die Wange und mit der anderen die Beule, die auf seinem Kopf wuchs. »Ich glaube, der Stein hat mich an derselben Stelle getroffen wie der – warte! Ich erinnere mich!«

»Erinnerst du dich, was auf dem Segel stand?«

»Ja. Und zwar: ›Ich schwimme unter den Toten.‹«

Mufford zog die Stirn in Falten. Sponge drückte auf seine Beule und zuckte zusammen. Beim Hochschauen sah er den grünen Papagei mit der Augenklappe, der auf einem Stützpfeiler in der Nähe hockte.

»Da ist er wieder!«, schrie er und zeigte in die Luft.

Aber erneut war der Vogel verschwunden, als Mufford hinguckte.

»Glaubst du jetzt, dass es eine direkte Verbindung zwischen dem Schlag auf den Kopf und deinen Halluzinationen gibt und du deshalb Papageien siehst?«, sagte Mufford kopfschüttelnd.

»Quatsch, er war da. Ich weiß es.«

Aber auch Sponge bekam jetzt Zweifel.

»›Ich schwimme unter den Toten‹«, murmelte Mufford und kam auf Sponges Erinnerungsblitz zurück. »An was für Tote denkst du?«

»Mir fällt nur der Friedhof ein«, sagte Sponge nach einem Moment. »Vielleicht ist der Schatz auf dem Friedhof.«

Mufford nickte.

»Gute Idee, Sponge. Sehr gute Idee.«

Sponge lächelte und errötete.

»Danke, Mufford. Plötzlich hatte ich das Gefühl, dass mein Gehirn wieder funktioniert.«

»Komisch, wie so was passiert. Wenn man es doch auf irgendeine Weise unter Kontrolle hätte.«

Die beiden Jungs liefen zum Lehrerfriedhof und dort an den Grabsteinen entlang, bis sie an dem von Mr Particle angelangt waren. Ein geflügeltes Stundenglas zierte ihn.

»Wie schön, dass sie Mr Particle auf den Lehrerfriedhof umgebettet haben«, sagte Sponge und betrachtete den Grabstein ihres alten Lehrers.

»Ja, aber wenn der Direktor und Flintlock ihn nicht in ihrer Panik erst im Park vergraben hätten, hätten sie die römische Büste von dir nicht gefunden, Sponge.«

»Auch wieder wahr«, sagte Sponge.

»Es freut mich übrigens, dass du es Particle überhaupt nicht nachträgst, dass er versucht hat, dich umzubringen.«

»Er war nicht mehr er selbst, Mufford. Außerdem hat er versucht, uns beide umzubringen, nicht nur mich.«

»Stimmt. Stimmt auffallend.«

»Meinst du, das Geld war noch in dem Sessel, den er zur Zeitmaschine umgebaut hat, und es ist mit Mr Stupido zu den Dinosauriern gereist?«

»Ich fürchte, ja, Sponge. Wenn der alte Particle es

gefunden hätte, hätte er sich gewiss aus dem Staub gemacht. Warum hierbleiben, wenn man den ganzen Zaster hat?«

»Richtig. Mr Stupido wiederum wird er nicht viel nützen. Keksläden gab es in Dinosaurierzeiten noch nicht.«

»Wahrscheinlich nicht«, meinte auch Mufford. »Trotzdem schreit es zum Himmel. Das ganze schöne Geld futsch!«

»Was machen wir? Ich will nicht auf eine andere Schule. Nicht ohne dich. Ich würde sogar Enderpenny, Bottleneck, Filbert und Furthermore vermissen.«

»Ich weiß. Doch da das Geld ein für alle Mal weg ist, können wir die Schule nur retten, wenn wir den Schatz finden.«

»Aber wie? Er könnte überall im Schulgebäude oder in den Parkanlagen sein. Wo fangen wir an?«

Mufford wedelte mit der Hand in der Luft herum, als müsste er eine ganze Mückenfamilie verscheuchen.

»Na, na, na, Sponge. Haben wir nicht das Geheimnis des verschwundenen Löffels gelöst?«

»In gewisser Weise ja«, sagte Sponge skeptisch. »Glaube ich jedenfalls.«

»Genau!«, rief Mufford. »Wir müssen die Detektivarbeit wieder aufnehmen. Erinnerst du dich an *Das seltsame Kommen und Gehen im gruseligen Sommerhaus*, das neueste Buch von Henry H. Henry, das ich dir letzte Woche gezeigt habe? Was hätte der große Detektiv Finlay Feathering in einer Zeit wie dieser getan?«

Automatisch fuhren sich beide Jungs mit der Hand ans Kinn. So wie es Muffords Held auf dem Buchumschlag tat.

»Er würde … vielleicht … ein paar Kekse essen«, sagte Sponge nach einer kurzen Pause.

»Da bin ich nicht so sicher –«

»Aber ich brauch was zu essen, Mufford. Mein Gehirn hat Hunger. Und gerade jetzt wäre ein Keks gar nicht verkehrt.«

»Ja. Hm, es gibt aber keine Kekse, Sponge. Ich hab's dir gesagt.«

Sponge warf Mufford einen ungläubigen Blick zu.

»Gut, nicht hier. Nicht auf diesem Friedhof. Aber in …«

Mufford warf Sponge einen ärgerlichen Blick zu.

»Du hast nur Kekse im Sinn. Reiß dich zusammen! Wie willst du je detektivieren? Finlay Feathering würde sich nicht durch den kleinsten Krümel Kekslosigkeit beirren lassen.«

Sponge verschränkte die Arme so, wie er es immer bei seiner Tante Bernard gesehen hatte, wenn diese mit aufdringlichen Kaufleuten zu tun hatte.

Davon ließ Mufford sich aber nicht beeindrucken. Grummelnd wendete Sponge sich ab.

»Warte mal einen Moment«, sagte Mufford. »Wir suchen an der falschen Stelle. Zu Greenbeards Zeiten war dieser Friedhof noch gar nicht hier. Dieser ist doch bloß voller Lehrergerippe. Wir müssen auf dem alten Friedhof suchen, der Grablege des Geschlechts der Modermoors.«

»N-n-nicht auf dem a-alten F-F-Friedhof«, stotterte Sponge und begann zu zittern.

Kein Schüler des Internats ging je auf den alten Friedhof, diese uralte, feuchte, wurmige Ruhestätte der Familie Modermoor, die voll bröckelnder Grabmäler und verstaubter Grüfte war.

»Wir bleiben nicht lange dort«, beruhigte ihn Mufford. »Komm schon.«

Widerstrebend folgte Sponge ihm durch die verrostete, efeuüberwachsene Pforte zu den Grabstätten. Es war dunkel und bewölkt, was zu dem ohnehin immer herrschenden gruseligen Trübsinn dort noch beitrug. Sie gingen durch die gepflasterten, spinnenwebenbehangenen schmalen Wege und betrachteten die Reihen der Familienmausoleen und riesigen Grabmäler.

»Schau mal das Grab dort«, sagte Sponge.

Sponge deutete auf einen einzelnen Grabstein. Er war wie alle anderen schwarz geworden, aber viel bescheidener. Grüner Schimmelpilz schimmerte in den Ritzen und Spalten. Wichtiger allerdings war, was in den Stein gemeißelt war: ein geflügelter Totenkopf und ein dreimastiges Segelschiff auf einem sturmgepeitschten Meer.

»Die Goldene Totenkopf«, riefen sie beide.

»Schau dir die Grabinschrift an. Da steht, er lebte auf Rodom Orme. Der Insel mit dem Namen aus den Buchstaben von Modermoor, auf der der Schatz angeblich vergraben ist«, sagte Sponge.

»Du hast recht, Sponge. Aber vielleicht ist der Schatz genau hier vergraben.«

Sponge bückte sich und betrachtete den Grabstein genauer.

»Das hier ist komisch, das dünne Gipsstück«, sagte er. »Dahinter ist was geschrieben …«

IM HERZEN
MUTIG,
IM KOPFE KLUG
SEI, WER NACH DEM
SCHATZE GRUB

Er zupfte an dem Gipsstück, und es fiel herunter.

»Sponge!«, schrie Mufford. »Hör auf, alles kaputtzumachen.«

Aber jetzt sahen die Jungs, dass die Gipsschicht einen weiteren Schriftzug verbarg.

Und darunter stand:

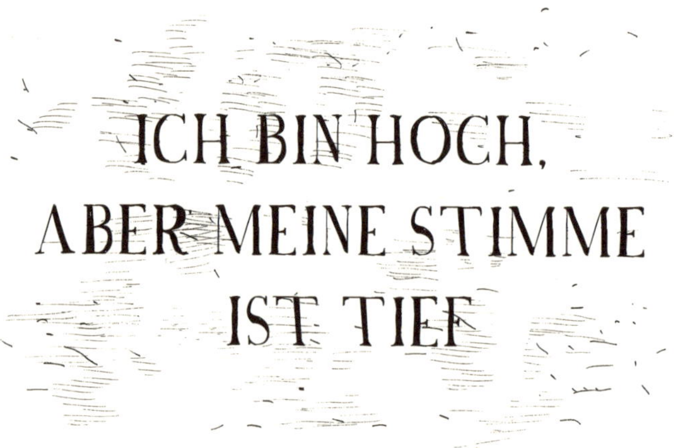

»Was das wohl bedeutet?«, sagte Sponge.

»Ich habe keinen blassen Schimmer«, sagte Mufford.

Einführung in die Hypnose für das wissbegierige Kind

Auf dem ganzen Weg zurück in die Schule zerbrachen sich Mufford und Sponge den Kopf über den Hinweis. Doch es wollte ihnen einfach keine Lösung einfallen. Was war hoch und hatte eine tiefe Stimme? Das Rätsel schien überhaupt keinen Sinn zu ergeben.

Auf dem Weg durch die Eingangshalle kamen sie an Kennington vorbei. Er achtete nicht weiter auf sie, denn er war vertieft in die Beschäftigung mit seiner Taschenuhr. Mufford blieb stehen, fasziniert aber nicht von Kennington, sondern von dessen Uhr. Als Sponge ihn wegzog, schüttelte Mufford den Kopf, als käme er aus einem tiefen Schlaf.

»Komm mit in die Bibliothek, Mufford«, sagte

Sponge, nicht ohne Kennington einen bösen Blick zuzuwerfen. »Ich muss dir was zeigen.«

Mufford hätte ihn gern gefragt, was und warum, aber Sponge flitzte plötzlich – überraschend für ihn – im Affenzahn los und saß, als Mufford ihn einholte, schon in ihrer üblichen Ecke, ein Buch auf dem Schoß.

»Schau her!«, sagte er, als Mufford sich setzte. »Siehst du? Das erklärt alles.«

Mufford schaute auf das Buch. Der Titel lautete *Einführung in die Hypnose für das wissbegierige Kind.*

»Sponge!«, schrie er. »Ein für alle Mal. Ich bin nicht hypnotisiert worden.«

»Aber hör nur«, erwiderte Sponge. »Das Interessante am Hypnotisieren ist ja gerade, dass der, der hypnotisiert wird, es nicht weiß! Man vergisst es. Verstanden?«

Mufford seufzte genervt, las aber den Absatz, den Sponge ihm zeigte. Auf einer Abbildung war außerdem zu sehen, wie eine hinterhältig dreinschauende Gestalt vor ihrem unglücklichen, völlig passiven Opfer eine Taschenuhr hin- und herschwenkte.

»Moment mal!«, zischte Mufford. »Ich glaube, du bist da was auf der Spur, Sponge. Ich hatte nämlich gerade eine blitzartige Erinnerung.«

Sponge schlug das Buch auf und deutete auf die Liste mit den Namen der Schüler, die es zuletzt ausgeliehen hatten. Nach ungefähr der Hälfte erkannten sie einen.

»Kennington!«, riefen sie.

Als sie ihn suchen gingen, stand er zusammen mit den anderen, die auf Neuigkeiten aus dem Treffen der Lehrer und des Beirates warteten.

»Hör mal, Kennington«, sagte Sponge. »Warum hast du Mufford hypnotisiert?«

Alle anwesenden Jungs stellten sich um sie herum, weil sie wissen wollten, warum Sponge so böse war.

»Mufford hypnotisiert?«, sagte Bottleneck. »Wie das?«

»Sie lügen«, sagte Kennington.

»Versuch nicht, es abzustreiten«, sagte Mufford. »Wir wissen, dass du vor den Herbstferien ein Buch über die Kunst der Hypnose aus der Bibliothek ausgeliehen hast.«

»Das ist mir wohlbekannt«, sagte Kennington achselzuckend. »Und was ist dabei? Ich habe gedacht, es wäre vielleicht lustig, Mr Painly zu hypnotisieren, damit er vergisst, dass ich ihm eine Hausarbeit abgeben muss. Aber es hat nicht geklappt.«

»Findest du es nicht einen komischen Zufall, dass ich ein paar Wochen später gesehen habe, wie du eine Uhr vor Muffords Gesicht hin- und herbaumeln lässt?«, sagte Sponge.

»Ja, das wäre es. Wenn ich was hätte hin- und herbaumeln lassen.«

»Pah!«, sagte Mufford.

»Ich habe es mit eigenen Augen gesehen«, sagte Sponge und zeigte auf Kennington. »Du hast Mufford hypnotisiert.«

»Ich würde eher meinen Fuß hypnotisieren.«

Mufford und Sponge wechselten einen verdatterten Blick und zuckten die Achseln.

»Es ist sehr still da drin geworden«, sagte Newboy und schaute hinter sich zur Aula.

Newboy hatte recht. Es war wirklich sehr still geworden. Sie verständigten sich kurz und schlichen dann langsam in Richtung der Aula, wo sie angestrengt lauschten. Fast waren sie mit den Ohren an der Tür, da wurde diese plötzlich aufgerissen, und sie purzelten hinein – zum Glück alle Mann über Sponge, der ihren Sturz abfederte.

Kaum hatten sie sich aufgerappelt, fielen ihnen zwei rätselhafte Dinge auf. Ihre Lehrer waren offenbar spurlos verschwunden, und es roch merkwürdig verbrannt. Bei genauerem Hinsehen erblickten sie einen großen Brandfleck auf dem kleinen Teppich in der Mitte.

Doch da knurrte der ziemlich unfreundliche Fremde, der die Tür geöffnet hatte, Bottleneck an, er solle alle Schüler herbeiholen, und gehorsam rannte Bottleneck los. Sponge, Mufford und die anderen blieben stehen und schwiegen besorgt.

Es kam ihnen wie eine Ewigkeit vor, bis ein Poltern die Rückkehr von Bottleneck ankündigte, den Rest der Schülerschaft im Schlepptau. Bald war die Aula voll, und gespannt warteten die Jungs auf eine Erklärung dessen, was sie da sahen.

Auf der Bühne befand sich eine Ansammlung sehr eigenartiger Gestalten.

Eigenartig in dem Sinn, dass sie zwar eigen aussahen, aber keineswegs artig. Wer waren sie bloß? Auf jeden Fall Fremde. Als der Größte nach vorn gerollt kam,

zogen die Jungs hörbar die Luft ein. Er hob die Hand, damit sie ruhig wurden, und begann zu sprechen.

»Arrr«, sagte er. »Ihr mögt euch man wundern, wer ich wohl wär.«

Ein ratloses Schweigen senkte sich auf den Raum.

»Ich wär dann mal euer neuer Direktor«, fuhr der Mann fort.

Das Schweigen wich wirrem Geschnatter.

»Er wär dann mal der neue Direktor«, sagte Sponge.

»Warum redest du so?«, sagte Mufford.

»Er hat angefangen. Ich wär nur –«

»Er sieht dem Beiratsvorsitzenden total ähnlich«, sagte Mufford. »Schau, sein Bein. Beziehungsweise sein fehlendes halbes Bein.«

Sponge schaute hin, und siehe da! Der neue Direktor hatte die gleiche Vorrichtung an seinem Holzbein, ein Rollbrett. Beim Reden rollte er über die Bühne. Und dann sahen die Jungs noch etwas …

»Da, schau«, sagte Sponge. »Da sitzt der einäugige grüne Papagei, den ich immer gesehen habe. Auf der Schulter des Direktors.«

»Also war der Papagei echt«, erwiderte Mufford. »Und ich hatte unrecht, an dir zu zweifeln, Sp–«

»Ruhe!«, brüllte der neue Direktor und kam bis vorn

an den Rand der Bühne gerollt. »Arrr! Jetzt haltet mal die Luft an, ihr räudigen Hunde, sonst schrubbt ihr das Deck!«

Erneutes Schweigen. Zu hören war von irgendwoher nur stumpfes, geheimnisvolles Rumsen.

»Arrr! So ist's besser! Ahoi, ihr wärt wohl verwundert, warum ihr einen neuen Direktor habt. Noch dazu hab ich eine tieftraurige Neuigkeit.«

Tieftraurig wirkte der neue Direktor nicht, fiel Mufford auf.

»Leider ist was Furchtbares geschehen. Arrr. Euer quasseliger Lehrerhaufen ist leider durch Selbstentzündung verbrannt. Verbrutzelt, Mann und Maus. Dumme Sache, verflucht dumm, aber nichts zu ändern, das Leben geht weiter.«

Mit weit aufgerissenen Augen und Mündern sahen die Jungen ihn an.

»Was ist Selbstentzündung?«, wisperte Sponge.

»Das ist, wenn jemand von selbst in Flammen aufgeht, Sponge«, erwiderte Mufford.

»Wie die Jungfrau von Orléans?«, wollte Sponge wissen.

»Nein, die stand auf einem Haufen Holzspäne und war an einen Pfahl gebunden, Sponge. In Brand gesteckt wurde sie mit einer lodernden Fackel. Bei Selbstentzündung gehen die Leute ohne den Pfahl und die Späne in Flammen auf.«

»Klappe, Mufford«, sagte Kennington.

»Der Beirat hat uns gebeten, hier in der Schule die Vertretung der Lehrer zu übernehmen«, sagte der Vertretungsdirektor.

»Sir«, sagte Newboy, und alle staunten über seinen Mut. »Wo ist der Beirat jetzt?«

»Arrr. Hat Leine gezogen. Die Mitglieder hatten offenbar was anderes zu tun.«

»Aber, Sir«, fing Newboy noch mal an.

»Zum Klabautermann, hör auf zu quasseln!«, knurrte der Vertretungsdirektor. »Alles läuft hier so weiter wie bisher, wenn ihr tut, was euch gesagt wird. Euer glotzäugiger Pastor Brimstone wird von unserem glotzäugigen Prediger Sid vertreten.«

Ein riesiger Mann mit narbenübersätem Gesicht trat vor. Er war nicht ganz so einschüchternd wie Pastor Brimstone, aber zur Sicherheit trat die erste Reihe Schüler einen Schritt zurück. Der Vertretungsdirektor grinste.

»Eure neue Mathematiklehrerin ist Nevermiss Nellie …«

Eine kahlrasierte, üppig tätowierte Frau schlenderte vor, die Hände in die Hüften gestemmt.

»Kunst gibt Charlie Two-Brushes ...«

Rechts neben ihr warf ein farbenbekleckster Mann einen mürrischen Blick in die Runde, ein Goldzahn glitzerte.

»Geschichte ist bei Mizzenmast Mary ...«

Eine Frau mit wilder Mähne drängelte sich vor. Sponge musste schlucken.

»Französisch habt ihr bei Jacques Blacques ...«

Der spuckte den Dolch aus, den er zwischen die Zähne geklemmt hatte und der sich nun in den Bühnenrand bohrte. Die Jungs in der ersten Reihe fiepten. Der neue Lehrer grinste.

»Und Englisch bei Crow's Nest-Jake. Hier isser.«

Ein großer, flotter Bursche trat vor, nickte und winkte den versammelten Schülern zu.

Nach und nach stellte der Direktor alle Personen auf der Bühne vor, bis sie ordentlich in einer Reihe standen. Die Vertretungen waren somit geregelt.

»Arrr«, knurrte der Direktor dann, und als er die besorgten Gesichter der Schüler sah: »Macht euch man bloß keinen Kopf. Solange ihr nach meiner Pfeife tanzt, wird keiner ausgepeitscht, auf einer einsamen Insel ausgesetzt oder kielgeholt. Mein Wort darauf.«

»Was ist kielholen?«, hauchte Sponge.

»Es ist eine Strafe für Seeleute auf dem Meer«, erklärte Mufford. »Sie ziehen dich – unter Wasser – von einer Seite des Schiffs bis zur anderen. Unter dem Schiff her, da verhakst du dich an den Seepocken.«

Sponge winselte.

»Was war das für ein dumpfes Rumsen, als der Direktor um Ruhe gebeten hat?«, fragte er dann.

»Nichts gehört«, sagte Kennington.

»Tut mir leid, Sponge«, sagte Mufford. »Ich auch nicht.«

Piratenlehrer

Mufford und Sponge trafen Enderpenny, Bottleneck und Furthermore im Kreuzgang.

»Ja, ist es denn zu fassen?«, staunte Enderpenny.

»Sind die Lehrer wirklich alle weg?«, fragte Bottleneck. »Haben sich in Rauch aufgelöst?«

»Wenn du mich fragst – ich finde es reichlich verdächtig«, sagte Furthermore.

»Ach, du findest ja alles verdächtig«, sagte Kennington.

»Du etwa nicht?«, entgegnete Furthermore. »Fandest du nicht, dass diese Vertretungslehrer ganz schön verschroben waren?«

»Verschroben?«, sagte Kennington. »Es sind Lehrer. Die sind von Natur aus verschroben.«

»Das gesamte Kollegium und alle anderen Angestellten gehen plötzlich in Flammen auf, und stattdessen kriegen wir diese Meute ruppiger Witzfiguren«, fuhr Furthermore fort. »Das ist doch mehr als verschroben. Und wie konnten sich die Beiratsmitglieder verkrümeln, ohne dass wir sie gesehen haben?«

»Ja, mir kommt es auch spanisch vor«, sagte Sponge. »Furthermore hat recht. Noch dazu sieht der neue Direktor dem Beiratsvorsitzenden wahnsinnig ähnlich.«

»Genau, Sponge«, sagte Mufford.

»Vielleicht sind sie Brüder«, sagte Newboy.

»Er sieht kein bisschen wie der Beiratsvorsitzende aus«, sagte Kennington. »Wie ihr wisst, ist meine Mutter im Beirat, und ich habe den Vorsitzenden in den letzten Ferien kennengelernt. Eine Schreckensgestalt ist er auch, aber vollkommen anders.«

»Tut mir leid«, sagte Mufford. »Wir haben den Beiratsvorsitzenden erst kürzlich kennengelernt, und er und der Vertretungsdirektor könnten Zwillinge sein.«

»Sind sie vielleicht auch«, sagte Bottleneck.

»Und ihnen beiden fehlt jeweils ein Bein?«, überlegte Furthermore. »Und sie flitzen auf diesem Räderdingsbums herum?«

»Ja, Tatsache ist …«, sagte Mufford.

»Vielleicht sind sie eineiige Zwillinge«, meinte Sponge.

»Stimmt«, meinte auch Mufford. »Darauf bist du wahrscheinlich nicht gekommen, was, Kennington?«

Furthermore verdrehte die Augen.

»Und warum hat dich deine Mutter nicht begrüßt, als sie mit dem Beirat hier war?«, sagte Mufford. »Mütter lassen sich doch nie die Gelegenheit entgehen, ihre Sprösslinge in Küssen und Umarmungen zu ersticken.«

»Ja, das ist ein bisschen komisch, wenn ich es jetzt bedenke«, sagte Kennington. »Mumsy – äh, meine Mutter – ist normalerweise sehr fürsorglich. Und warum nimmt sie mich nicht aus Modermoor Castle heraus und bringt mich in die neue Schule?«

»Ich sage euch: Hier stimmt was nicht«, meinte Furthermore.

»Das ist doch letzten Endes ganz egal«, sagte Kennington. »Die Schule wird geschlossen. Na und? Wer legt denn, ehrlich gesagt, Wert darauf, dass sie auf bleibt und von diesen Spinnern geführt wird?«

Die Jungs murrten und grummelten, doch man war einhellig der Ansicht, dass Kennington wieder einmal nicht unrecht hatte.

»Ich hatte ein komisches Gefühl, als er uns erzählt

hat, die Lehrer wären in Flammen aufgegangen«, sagte Bottleneck. »Aber ich weiß nicht genau, warum.«

»Ja, ich hatte auch ein komisches Gefühl«, sagte Enderpenny.

Die übrigen Jungs nickten zustimmend und sagten, auch sie hätten ein seltsames Gefühl verspürt, als sie davon gehört hätten.

»Ihr meint nicht …«, begann Furthermore, hielt aber inne und schüttelte den Kopf, als sei der Gedanke zu abwegig.

»Was?«, sagte Mufford.

»Also …«, sagte Furthermore verwirrt. »Ihr meint nicht, dass wir … traurig … sind?«

Bei dieser Vorstellung kicherten alle, auch Furthermore. Doch das Kichern erstarb schnell, und alle schauten verlegen zur Schulaula. Denn so ungewöhnlich es war, sie waren traurig!

Mufford bemerkte, dass Sponge immer wieder den Mund öffnete, um etwas zu sagen, sich dann aber umentschied und ihn wieder zumachte, nur um ihn dann wieder zu öffnen und wieder zu schließen. Das ging so ein ums

andere Mal, und er erinnerte Mufford an einen Schellfisch, der am Strand gelandet ist.

»Was gibt's, Sponge?«, fragte er.

»Hm«, erwiderte sein Freund. »Ich denke nach.«

Mufford nickte wohlwollend.

»Ah, das kennen wir schon, stimmt's? Vom Nachdenken wird dir immer schwummerig.«

»Nein, es geht um die Vertretungslehrer.«

»Was ist mit denen?«

»Warte hier«, sagte Sponge und rannte davon. Das Trippeln seiner winzigen Füße verklang.

Etliche Minuten lang warteten die Jungs, und man hörte viel Seufzen und Schniefen, dann kam Sponge keuchend mit dem Buch über die Seeräuberei zurück.

Er schlug es auf und zeigte auf eine Seite mit dem Bild einer Gruppe Piraten, die an Deck ihres Schiffes standen.

»Na, seht ihr das?«, sagte Sponge. »Die Ohrringe, die Augenklappen, der Papagei, die Tätowierungen mit dem Schriftzug ›Arrr, Piraten ahoi!‹ oder ›Einmal Pirat, immer Pirat!‹. Das sind überhaupt keine Lehrer.«

Da waren die Jungs sprachlos.

»Stimmt«, sagte Mufford schließlich. »Das sind Piraten – zum Klabautermann!«

»Ay, ay«, sagte Sponge.

»Sie sind bestimmt durch den Zeitungsartikel aufmerksam geworden«, sagte Furthermore.

»Lesen Piraten Zeitungen?«, fragte Filbert.

»Klar, warum denn nicht?«, sagte Mufford.

»Was für ein seltsamer Zufall, dass die Lehrer gerade da alle durch Selbstentzündung in Flammen aufgehen, wenn die Piraten hier auftauchen und die Beiratsmitglieder gehen«, überlegte Bottleneck.

»Verstehst du es denn nicht?«, sagte Furthermore.

»Der Beirat war nie hier. Das waren auch die Piraten. Wie Mufford sagt, der Beiratsvorsitzende und der Piratendirektor sind ein und dieselbe Person!«

»Aber was ist mit dem Lehrerkollegium und den anderen wirklich geschehen?«, fragte Sponge.

»Die Piraten müssen sie irgendwie aus dem Weg geräumt haben«, sagte Mufford.

»Aus dem Weg geräumt?«, sagte Sponge, dem ein wenig kodderig wurde. »Dabei ist doch nicht etwa B-b-b-geflossen?«

»Suppe?«, sagte Mufford.

»Suppe?«, sagte Newboy.

»So nennen wir aus Rücksicht auf Sponge das rote wässrige Zeugs, das Wort mit B benutzen wir nicht«, erklärte Mufford.

Kennington schüttelte den Kopf.

»Ich fürchte, Suppe stand auf der Speisekarte, Sponge«, fuhr Mufford fort.

»Diesen niederträchtigen Schurken traue ich das durchaus zu. Ich habe den leisen Verdacht, dass Piratenhände immer ein bisschen suppenbesudelt sind.«

»Sogar die deines Vorfahren Greenbeard?«, höhnte Kennington.

»Nein, ich gehe fest davon aus, dass er die Ehre der

Muffords, selbst als er Pirat geworden war, hochgehalten hat«, sagte Mufford ein wenig kleinlaut. »Ich glaube einfach nicht, dass er als Mufford durch und durch schlecht war. Irgendwie spüre ich es. Es liegt in der Suppe.«

»Aber was haben sie mit den Leuten gemacht?«, sagte Furthermore. »Wie haben sie es geschafft, dass sie – tot oder lebendig – verschwunden sind?«

»Ich weiß es nicht«, sagte Mufford. »Das ist wirklich ein Rätsel.«

Miss Nevermiss

Die restlichen Unterrichtsstunden an dem Tag fielen aus. Nach einer unruhigen Nacht wachten die Jungs morgens auf, bange, was der vor ihnen liegende Tag wohl an Neuem bringen würde. Sie beschlossen, sich nicht anmerken zu lassen, dass sie die Finte der Piraten durchschaut hatten, sondern abzuwarten, was diese als Nächstes taten. Als die Klingel zum Beginn der ersten Stunde, Mathematik, ertönte, schlichen Mufford und Sponge noch ängstlicher und verzweifelter hin als üblich. Sie reihten sich in die Gruppe ihrer Klassenkameraden ein und setzten sich dann auf ihre Plätze.

Statt ihres Lehrers Mr Painly, dessen Aufenthaltsort natürlich nicht bekannt war, stand eine Frau vor der Klasse – wenn das auch anfänglich schwer zu erkennen war, da sie unter ihrer Lehrerrobe von Kopf bis Fuß Männerkleidung trug.

»Arrr«, sagte sie. »Ich schimpf mich Nevermiss Nellie, aber ihr könnt mich Miss Nevermiss nennen. Sonst noch was?«

»Wie schreibt man Nevermiss, Miss?«, fragte Enderpenny.

»Äh … N, E, V –«

»Ä, N, E …«, wiederholte Enderpenny.

»Nein, du Pustel«, schrie sie. »Kein Äh, nur N, E, V –«

»Nur N, E, V …«, wiederholte Enderpenny.

Seufzend schrieb die neue Mathematiklehrerin ihren Namen an die Tafel.

»Noch was?«, fragte sie.

Newboy meldete sich. »Warum nennt man Sie Nevermiss, Miss?«

Miss Nevermiss' Miene wurde erschreckend ernst, und sie langte tief in ihre Hosentaschen. Dann brachte sie – o Schreck! – zuerst ein riesiges Messer und dann eine langläufige Steinschlosspistole zum Vorschein.

Sie legte die Waffen auf den Tisch, kramte noch mal in ihren Taschen und fand ein Stück Papier, das sie zu einer festen kleinen Kugel zerknüllte. Sie verdrehte den Hals, peilte den Papierkorb auf der anderen Seite des

Klassenraums an und schnipste das Kügelchen hinein.

»Darum«, sagte sie mit selbstzufriedenem Grinsen, »nennt man mich Nevermiss. Ich ziele nie daneben.«

Tosender Applaus.

Aber Miss Nevermiss kritzelte schon blindwütig etwas an die Tafel, und als sie zurücktrat, sah man ein kompliziertes Schaubild mit Schiffen, Ruderbooten, Inseln, Schatztruhen, Haifischflossen und Kanonen.

»Arrr«, sagte sie. »Textaufgabe: Ihr seid Kapitän eines Schoners. Eure Crew besteht aus 32 Mann. Ihr habt gerade eine amerikanische Fregatte gekapert. Die hat zwei Holzfässer Golddublonen, drei Säcke Silber und eine Seemannstruhe voller Juwelen und Perlen und sonstigem Schmuck geladen. Wie wird die Beute unter der Mannschaft aufgeteilt?«

Wie immer nach dem Matheunterricht schwirrte den Jungs der Kopf vor Gehirnschmerzen, aber Sponge verspürte noch ein ungewohntes Gefühl dazu.

»Mufford«, sagte er leise, als sie durch den Flur davontrotteten.

»Ja?«

»Es war komisch, an einer Stelle in der Mathestunde kam es mir wahrhaftig vor, als hätte ich etwas verstanden.«

Mufford blieb stehen und starrte ihn an.

»Ich weiß, was du meinst. Wie wenn man plötzlich aus dem Nebel eine Berbergaleere auftauchen sieht.«

»Arrr. Genau so.«

Als Nächstes hatten sie Englisch.

»Arrr«, sagte Miss Bronteens Vertretung. »Ich schimpf mich Crow's-Nest-Jake. Aber ihr könnt Jake zu mir sagen, wenn ihr Lunte habt. Ho ruck.«

Als er zum selben Fenster ging, an dem sich auch Miss Bronteen immer aufgehalten hatte, und den Jungs genau wie sie den Rücken zukehrte, erklang allgemeines Gemurmel.

»Arrr, bevor wir mit dem Unterricht beginnen«, schnarrte er und stierte auch in die Ferne, »dachte ich, hören wir uns ein paar Gedichte an. Aus sentimentalen Gründen hab ich schon immer eine Schwäche für die Trübseligen Dichter gehabt. Na, wer bringt uns mit einem Vortrag vom ›Lied auf den Kummer‹ von Lord

Gram in die richtige Stimmung? Vielleicht der Junge mit dem Seepockenkopf hier vorn?«

Alle schauten zu Sponge, der die Augen verdrehte, das Buch aufschlug, tief durchschnaufte und so feurig zu lesen begann, wie er konnte.

»›O sich'rer Tod, o –‹«

Newboy unterbrach ihn. »Ich sehe, Sir«, sagte er zu dem neuen Englischlehrer, »dass Sie auf die offenen Moore hinausstarren. Haben Sie einen bestimmten Grund dafür, Sir?«

Die Jungs waren verblüfft, aber Sponge war böse. Er war es leid, immer unterbrochen zu werden, wenn er gerade in Schwung kam. Der Piratenlehrer drehte sich um und schaute sie an.

»Arrr«, knarzte er. »Ja, habe ich. Und ich könnte euch eine Geschichte dazu erzählen, wenn ihr den Mumm habt, sie anzuhören.«

Die Jungs nickten. Schlimmer als die Ergüsse

der Trübseligen Dichter konnte die Geschichte auch nicht sein.

»Arrr. Es begann alles, als ich noch ein junger Spund war, nicht viel älter, als ihr jetzt. Und wundert euch man nicht, wenn ich euch sage, dass ich von diesem Teil der Landkarte stamme.«

Die Jungs verliehen ihrer Überraschung mit Murmeln und Grummeln Ausdruck.

»Ich lernte eine holde Maid von hier aus der Gegend kennen, und wir verliebten uns ineinander. Auf diesen nebelumhüllten Hochmooren habe ich sie getroffen, als ich vom Pferd gefallen bin. Was habe ich sie geliebt, mehr als meine eigenen Ohren! Ich habe sie geliebt wie ein Kater seine sauren Heringe. Ihr Vater fand zwar, ich wär nicht gut genug für sie, aber das war uns einerlei – dachte ich zumindest. Doch eines schönen Tages kam ein Bote zu mir und sagte, sie wär weggelaufen, um Buchhalterin zu werden. Ich war am Boden zerstört. Ich hatte ein Gefühl, als hätte mich ein Narwal aufgespießt oder mir ein tollwütiger Fledermausfisch das Herz aus dem Leibe gerissen. Sofort beschloss ich, alles und alle zu verlassen, die ich kannte, und zur See zu gehen. In Liverpool habe ich auf dem erstbesten Schiff als Maat angeheuert. Es segelte zu den nordindischen Inseln.«

Mr Jake ging zum Fenster zurück, stierte in die Sinfonie in Grau hinaus, und ein unermesslich trauriger Seufzer brach aus ihm heraus. Er klang wie ein enttäuschter Grunzochse.

»Und wann haben Sie sich entschieden, Lehrer zu werden?«, fragte Newboy.

Wieder waren die Jungs verblüfft über Newboys Dreistigkeit. Mr Jake drehte sich um und schaute sie an, als komme er von ganz weit her.

»Lehrer?«, sagte er. »Arrr. Ich bin doch gar kein … oh,

Lehrer, ja. Ay. Es hatte was mit Lebensqualität zu tun. Ich wollte mehr Zeit mit meinen Fischen verbringen.«

»Ihren Fischen?«, sagte Newboy.

»Ay«, sagte der Pirat und verzog böse das Gesicht. »Ist aber auch unwichtig, ihr Seebärchen. Genug von mir. Wie wär's, wenn ich euch ein paar Schauergeschichten erzähle – wunderliches Seemannsgarn vom Meer und dem seefahrenden Volk?«

Die Jungs zuckten die Schultern und nickten.

»Eine Geschichte habe ich für euch«, sagte er seltsam aufgekratzt. »Aber sie ist nichts für Feige. Ich möchte euch junge Hunde eigentlich nicht in Angst und Schrecken versetzen. Was ist Sache?«

In dem Moment klopfte es an der Tür, und die Vertretung für Miss Picky, der zahnlose Toothless Dave, trat ein.

»Arrr«, knurrte er. »Entschuldige die Störung, Jake. Der Käpt'n – ich meine, der Direktor – will ein Wort mit ein paar von den Kabeljauen hier wechseln.«

»Arrr. Mit wem?«

»Zwei an der Zahl. Heißen Muffel und Spatz oder so ähnlich.«

Kennington zeigte auf Mufford und Sponge.

»Die sitzen da, Sir«, grinste er.

Captain Cutlass

Toothless Dave brachte die beiden Jungs zum Büro des Direktors, wo der Piratendirektor mit dem Papagei auf der Schulter am Schreibtisch seines Vorgängers saß, während etliche andere Mitglieder des Piratenkollegiums sich drohend hinter ihm aufgebaut hatten.

»Arrr. Also dann, wie wär's, wenn wir mal einen kleinen Schwatz halten, meine blauen Jungs?«, sagte der Piratendirektor.

»Einen Schwatz?« Sponge wurde nervös. »Gern. Klingt wunderbar. Findest du nicht auch, Mufford? Also einen Schwatz. Wir halten gern mal einen Schwatz, stimmt's? O ja, wir –«

»Sie werden entschuldigen«, sagte Mufford und hielt Sponge den Mund zu. »Wenn er Angst hat, brabbelt er.«

»Arrr. Hier braucht keiner Angst zu haben«,

sagte der Piratendirektor. Und an seine Leute gewandt: »Stimmt das nicht, Männer?«

»Leider muss ich mich in diesem Zusammenhang gegen das Wort ›Männer‹ verwehren«, sagte Nevermiss Nellie.

»Ay«, meinte auch Mizzenmast Mary. »Wo sie recht hat, hat sie recht.«

»Das Gleiche gilt natürlich auch für ›Burschen‹ und ›Kerls‹«, sagte Leather-Nose Susan, die Vertretungsmusiklehrerin. »Die Begriffe sind alle frauenverachtend.«

»Schon gut, schon gut«, sagte der Piratendirektor und ballte die Hände zu Fäusten. »Eure Ansichten und euer Recht, sie kundzutun, in allen Ehren, Kumpels. Aber mir wäre lieber, ihr hättet mir eure Bedenken auf dem Dienstweg mitgeteilt. Ihr seht doch, wie es jetzt meine Autorität untergräbt. Es ist auch nicht das erste Mal, dass wir darüber sprechen.«

Er seufzte. Die Piratenlehrer murmelten und murrten, beruhigten sich aber nach und nach unter dem unnachgiebigen Blick des Piratendirektors. Der schaute wieder zu Mufford und Sponge.

»Arrr. Wo war ich stehengeblieben? Ach ja. Mir ist zu Ohren gekommen, dass ihr zwei beiden mehr über den Schatz der Goldenen Totenkopf wisst als die meisten anderen«, sagte er.

Mufford und Sponge warfen dem Papagei einen bösen Blick zu. Der erwiderte den Blick genauso böse.

»Arrr. Captain Cutlass hier hat euch im Auge gehabt und mir berichtet«, fuhr der Direktor fort.

»›Ich brauch was zu essen, Mufford. Mein Gehirn hat Hunger‹«, kreischte Captain Cutlass.

»Das klingt überhaupt nicht wie ich«, protestierte Sponge.

»Aber so schlecht getroffen ist es auch nicht«, sagte Mufford.

»Hört mir lieber mal zu«, sagte der Piratendirektor und zeigte auf Mufford. »Du wärst ein Nachfahre von Greenbeard, das wissen wir. Wir hams in der Zeitung gelesen. Wir wissen auch, dass du den Schatz suchst. Pack aus! Sag uns, was du weißt, sonst passiert was!«

»Warum sollten wir Ihnen was erzählen?«, sagte Mufford mutiger, als er sich fühlte. »Sie haben schon die Lehrer aus dem Weg geräumt. Wer sagt uns, dass uns nicht das gleiche Schicksal blüht?«

Der Piratendirektor hob beruhigend die Hände.

»Den Lehrern wird kein Härchen gekrümmt«, versicherte er Mufford. »Jedenfalls fürs Erste nicht.«

Mufford und Sponge rangen nach Luft.

»Das Ding mit der Selbstentzündung war nur ein Trick«, sagte der Piratendirektor.

»Und wo sind sie dann?«, fragte Sponge.

»Arrr«, sagte der Piratendirektor. »Das darf ich nicht verraten. Bring uns unseren Schatz, und sie kommen frei. Alles paletti.«

»*Ihren* Schatz?«, sagte Mufford.

»Ay!«, knurrte der Piratendirektor. »Wir wärn nämlich alle Nachkommen von Greenbeards Mannschaft.«

Zustimmendes Grunzen allerseits.

»Wir wärn man Nachkommen von denen, die Greenbeard um ihren gerechten Lohn geprellt hat. Und zwar immer dann, wenn er die Juwelen für sich behalten hat. So handeln Piraten nicht. Wir wärn hier, um den Schatz zu suchen und uns zu nehmen, was uns gehört.«

Hochrufe von den Nachkommen der Mannschaft.

»Das wärn wir auch«, sagte Mufford. »Wärn wir das nicht, Sponge?«

»Ja«, sagte Sponge. »Ich meine ›Ay‹.«

»Prima«, sagte der Piratendirektor. »Dann könnt ihr ihn für uns finden.«

»Was, wenn wir ihn nicht herausgeben?«

»Ha! Ihr jungen Kabeljaue meint, ihr könnt ihn uns wegnehmen?«

Höhnische Laute ringsum.

»Wie oft hab ich euch gesagt, ihr sollt beim Essen den Mund zumachen?«, schrie der Piratendirektor. »Wir sind Piraten, keine Tiere.«

»Verzeihung, Käpt'n«, murmelte die Mannschaft.

»Arrr«, fuhr der Piratendirektor fort. »Wo war ich?«

»Sie haben unsere Fähigkeit, den Schatz für uns zu behalten, mit Hohn und Spott bedacht«, sagte Mufford.

»Ay«, knurrte der Piratendirektor drohend. »Jeden Gedanken, an dieser Tollheit festzuhalten, schminkt euch mal besser ab, Jungs. Das heißt, wenn ihr wisst, was gut für euch ist.«

Sponge wimmerte.

»Aber nach dem Piratengesetzbuch fordere ich mein Recht auf den Schatz«, sagte Mufford.

»Was sind denn das für Schnurrpfeifereien? Was weißt du vom Piratengesetzbuch, Landratte?«, spöttelte der Piratendirektor.

»Mehr, als Sie denken«, sagte Mufford. »Sponge, geh in die Bibliothek und hol *Seeräuberei – das große Handbuch für Väter und Söhne.*«

»Seeräuberei? Wir wissen alles über Seeräuberei!«, rief der Piratendirektor.

»Eine Sekunde«, sagte Sponge und flitzte los.

Während Mufford mit den Piraten wartete, breitete sich ein unangenehmes Schweigen im Raum aus. Die Minuten verstrichen. Andere Piraten kamen hinzu. Mizzenmast Mary begann zu pfeifen.

»Tut mir leid«, sagte Mufford. »Er hat ziemlich kurze Beine.«

Schließlich kam Sponge keuchend mit dem Buch zurück.

Mufford nahm es ihm ab und blätterte es durch.

»Hier!«, schrie er. »Gesetz 27, Absatz 5, Unterabteilung 59, Anhang 478c: ›Ist der Nachfahre eines Piratenkapitäns im

Vollbesitz seiner geistigen Kräfte, kann er das Recht für sich beanspruchen, nach den Statuten des Pirategesetzbuchs behandelt zu werden und den Titel ›Pirat ehrenhalber‹ zu erhalten.‹«

Der Piratendirektor zuckte mit den Schultern.

»Und was genau hast du davon, Haiköder?«

Mufford blätterte weiter.

»Anhang 58a desselben Gesetzes besagt: ›Besagter Nachfahre kann den Anspruch auf die Einnahmen des vorerwähnten Vorfahren geltend machen, sei es in Gold, Silber, Juwelen oder Geld in der Landeswährung, wenn ihm ihre Entdeckung zu verdanken ist.‹«

Der Piratendirektor holte eine Brille mit dicken Gläsern hervor und setzte sie ein wenig kleinlaut auf. Er sah, dass Mufford ihn anschaute.

»Was?«, sagte er, als müsse er sich verteidigen.

»Ich habe nichts gesagt«, sagte Mufford.

»Arrr. Piraten benutzen auch Brillen. Finde dich damit ab.«

Der Piratendirektor las den Abschnitt, den Mufford ihm zeigte, und nickte beifällig.

»Arrr«, sagte er dann, nahm Mufford das Buch aus der Hand und blätterte es nun seinerseits durch. »Das wär alles höchst unerfreulich, wenn es nicht das Gesetz 31, Absatz 7, Abschnitt 42 gäbe, in dem deutlich steht: ›Jeder, der von einem Piraten gefangen wird, verliert den Anspruch auf jeden Schatz, den er sonst berechtigterweise hätte.‹«

Die Piratenmannschaft murmelte zustimmend.

Mufford erbat das Buch zurück und suchte die nächste sachdienliche Stelle.

»Hier sehen Sie es – Gesetz 261, Absatz 21, Zusatzartikel 7, Fußnote 5c: ›Der Pirat und seine Mannschaft‹ – ich betrachte die Jungs und die Lehrer in diesem Falle als meine Mannschaft –«

»Gut, nix dagegen«, sagte der Piratendirektor.

»›Im Falle der Gefangennahme durch einen anderen Piraten während der Suche nach einem Schatz‹«, fuhr Mufford fort, »›muss die Mannschaft die Chance behalten, den besagten Schatz zu finden, und dafür wird ihr ein Tag gewährt. Keinem Mitglied der Mannschaft darf ein Leid geschehen, im Falle dass die Hälfte des Schatzes denen überlassen wird, die sie gefangen genommen haben. Aber …‹«

Mufford stockte und schaute Sponge an.

»Aber?«, grinste der Piratendirektor und griff nach dem Buch. »Soll ich den Satz für dich beenden? ›Aber wenn der Pirat und seine Mannschaft den Schatz nicht finden, müssen er und besagte Mannschaft über die Planke gehen.‹«

Verhaltenes Gekicher.

»Zum Glück sind wir nicht auf See, und das ist nicht möglich«, sagte Mufford.

»Von See ist auch gar nicht die Rede«, entgegnete der Piratendirektor. »Arrr. Ich glaube, wir können jederzeit auf einem der Türme da oben eine Planke aufriggen.«

Mufford und Sponge schluckten. Der Piratendirektor beratschlagte sich mit seinen Piratengefährten und wandte sich den Jungs nach ein paar Minuten wieder zu.

»Also, Kumpels«, sagte er. »Wir geben euch bis morgen Mittag Punkt zwölf Uhr. Aber nur bis dann, schreibt euch das hinter die Ohrn. Und keine Hilfe von den anderen! Nur ihr beide. Von Rechts wegen sollte nur Muffel hier suchen. Aber da ihr beide Grünschnäbel seid, lassen wir das mal durchgehen.«

»Warum denn das?«, sagte Sponge. »Mit Hilfe unserer Mannschaft könnten wir den Schatz doch viel schneller finden.«

»Arrr. Ich mache die Gesetze nicht. – So, gebt ihr mir jetzt euer Wort darauf, dass ihr keinen Fluchtversuch macht?«

»Ay«, sagte Mufford. »Ihr habt mein Wort als Pirat ehrenhalber und als Mufford.«

»Gut denn. Das reicht mir.«

»Arrr. Was machen wir denn in der Zwischenzeit?«, wollte Leather-Nose Susan wissen. »Ihr wisst ja, wie schnell sich Mary langweilt.«

»Ich brauch immer geistige Anregung«, rief diese. »Soll ich mich etwa dafür entschuldigen, dass ich von Natur aus wissbegierig bin?«

»Ich meine, Sie sollten den Jungs weiter Unterricht geben«, sagte Mufford.

»Unterricht?«, gähnte Jacques Blacques, der sich die Fingernägel mit seinem Dolch säuberte. »Mon Dieu!«

»Ja, Sie müssen die Lehrer ersetzen«, sagte Mufford. »Sonst werden die Jungs unruhig. Sie haben sowieso schon Verdacht geschöpft.«

»Wir sind nicht so für Buchgelehrsamkeit«, sagte der Piratendirektor. »Viel Bildung ham wir alle nicht genossen.«

»Du redest wohl von dir!«, schrie Prediger Sid von hinten.

»Stimmt«, sagte Charlie Two-Brushes. »Ich habe einen Master in Kunstgeschichte von der Sorbonne.«

Stöhnend schüttelte der Piratendirektor den Kopf.

»Also gut«, sagte er und seufzte. »Nicht alle von uns sind das, was man im herkömmlichen Sinne als akademisch gebildet bezeichnet. Klingt das besser?«

Die Piraten murrten und grummelten.

»Wenn du einfach nur aufhören würdest, immer alles zu verallgemeinern«, sagte Mizzenmast Mary. »Mehr wollen wir gar nicht.«

»Können wir das auf das nächste Treffen verschieben?«, sagte der Piratendirektor. »Bitte.«

Man hörte noch ein bisschen Murren und Grummeln, Köpfe wurden geschüttelt.

»Arrr!«, fuhr der Piratendirektor fort. »Gut, ich glaube, die kleinen Kraken hier haben was Vernünftiges gesagt. Was meint ihr?«

Während des nun folgenden Schweigens schauten sich die Piraten gegenseitig an. Dann nickten alle entschlossen und sagten nachdrücklich: »Ay.«

»Übrigens«, sagte Mufford. »Wie wollen Sie den Schatz finden, wenn wir ihn nicht finden?«

»Arrr«, sagte der Piratendirektor. »Wir sprengen die Bude hier in die Luft und wühlen dann den ganzen Schutt durch. Wenn ich das jetzt sage, klingt das nicht sehr durchdacht. Aber wir sprengen für unser Leben gern Sachen in die Luft.«

Die Piraten murrten und knurrten und gluckten – ein guter Moment zum Gehen, fanden Mufford und Sponge.

Big Bob schlug die volle Stunde, als sie im Schulhof ankamen. Ihre Klassenkameraden, die unbedingt hören wollten, was sie mit den Piraten beredet hatten, scharten sich um sie.

»Gott sei Dank, euch ist nichts passiert«, sagte Newboy.

»Nett, dass du das sagst«, meinte Sponge.

»Wie war's?«

»Mufford war die Rettung.«

»Das kommt mir sehr unwahrscheinlich vor«, sagte Kennington. »Wie denn genau?«

Mufford und Sponge gaben ihren versammelten Mitschülern eine kurze Zusammenfassung ihres Treffens im Direktorenbüro. Zu ihrer Überraschung waren diese nicht so erleichtert, wie sie gehofft hatten.

»Ihr wollt uns erzählen, dass wir alle über die Planke gehen und sterben müssen, wenn ihr den Schatz nicht findet?«, sagte Furthermore.

»Ähm …«, sagte Sponge.

»Na ja …«, sagte Mufford. »Wirklich nur, wenn wir ihn nicht finden.«

»Habt ihr denn irgendeine Ahnung, wo er sein könnte?«, fragte Bottleneck.

»Hm …«, sagte Sponge.

»Und wir dürfen euch nicht helfen?«, sagte Newboy.

Als Mufford und Sponge verneinten, stöhnten ihre Mitschüler verzweifelt auf.

»Wie dem auch sei …«, sagte Mufford und zog Sponge mit sich. Er war beleidigt wegen des fehlenden Vertrauens in ihre detektivierenden Fähigkeiten.

»… wir müssen uns jetzt jedenfalls an die Arbeit machen.«

Als sie reichlich außer Hörweite der anderen waren, blieben sie stehen, und Sponge begann zu winseln.

»Was haben wir uns da eingebrockt? Was, wenn wir scheitern?«

»Ihr scheitert nicht«, sagte eine Stimme. Newboy, den sie beide nicht bemerkt hatten, hatte sich zu ihnen gesellt. »Ich glaube an euch.«

»Danke«, sagte Sponge.

»Ja – danke, Newboy, altes Haus«, sagte Mufford. »Nun glaub du auch ein bisschen an uns, Sponge, denn ich weiß jetzt, was der Hinweis bedeutet! ›Ich bin hoch, aber meine Stimme ist tief.‹ Ich hab's rausgekriegt. Komm, Sponge – zum Bebenden Turm.«

Big Bob

Mufford und Sponge ließen Newboy im Hof stehen und begaben sich zum Turmeingang.

»Ich bin darauf gekommen, als Big Bob geschlagen hat«, sagte Mufford.

»Echt?«, sagte Sponge. »Wie das?«

»Weil der Hinweis Big Bob betrifft.«

»Big Bob? Die Glocke?«

»Na klar, oder wie viele Bobs kennst du?«

»Also, in der Klasse unter uns den Jungen mit den Ohren.«

»Ja, aber –«

»Und dann den Bahnhofsvorsteher in Niedermodermoor. Du weißt schon, der –«

»Ja, schon gut, Sponge, aber können wir uns darauf einigen, dass die Wahrscheinlichkeit groß ist, dass es sich um die Glocke handelt?«

Sponge nickte.

»Also, verstehst du es?«, sagte Mufford. »›Ich bin hoch‹ – hoch oben im Bebenden Turm – ›meine Stimme ist tief‹ – das bezieht sich auf das schreckliche Wummern von Big Bob. Hoch und tief. Verstanden?«

»Du hast recht, Mufford, aber wie kann man einen Schatz in einer Glocke vergraben?«

»Vielleicht gibt es dort nur einen weiteren Hinweis.«

»Oach«, stöhnte Sponge.

»Egal, das finden wir nicht raus, wenn wir hier unten weiter schwatzen. Wir müssen sofort nach oben in den Turm. Schließlich hängt das Leben unserer Mitschüler davon ab.«

So schnell sie ihre schwachen Füße trugen, eilten die Jungs los und standen nur Momente später am Fuß der engen Wendeltreppe, die in die Finsternis hoch über ihren Köpfen führte. In der Mitte konnten sie Big Bob wie einen weit entfernten Fleck erkennen.

»Wir müssen die Zeit so berechnen, dass wir möglichst lange dort verbringen können, bevor Big Bob schlägt. Stell dir vor, wie ohrenbetäubend es dort oben sein wird. Warte, Sponge. Jetzt kann er jede Minute …«

DONG! DONG! DONG! DONG! DONG! DONG! DONG! DONG! DONG! DONG! DONG!

Während das ganze Gebäude zitterte, drückten sich die Jungs an die Wand am Fuß der Treppe. Überall rieselten Stücke herunter.

»So«, sagte Mufford, dessen Augen immer noch nicht an ihren Platz zurückgewabbelt waren. »Wir haben eine Stunde, um auf den Turm zu klettern und das zu finden, was auf uns wartet, bevor Big Bob wieder losdröhnt. Komm, lass uns keine Zeit verlieren!«

So schnell sie konnten, erklommen sie die Stufen. Aber schnell war das leider nicht. Und weit kamen sie auch nicht. Ja, sie sanken schon beim zweiten Treppenabsatz erschöpft zusammen.

»Wie weit ist es noch?«, keuchte Sponge.

Mufford mühte sich auf die Füße, beugte sich über das Geländer und schaute hoch. Die Glocke war immer noch so weit entfernt, dass sie kaum zu sehen war.

»Nicht mehr weit«, winselte er. »Nicht mehr weit.«

Und weiter ging's – immer weiter und weiter –, und sie wurden mit jedem Schritt langsamer und schnauften und prusteten wie entkräftete Otter.

»Wie lange haben wir noch, bevor Big Bob wieder schlägt?«, fragte Sponge.

»Ich weiß nicht«, erwiderte Mufford. »Ich fürchte, lang dauert es nicht –«

In dem Moment schlug Big Bob. Schlug wieder. Und schlug und schlug und schlug und schlug und schlug und schlug und schlug und schlug und schlug und schlug.

Und wieder dauerte es eine ganze Weile, bis die Jungs zu zittern aufhörten. Und dann hatten sie es nach oben geschafft.

»Jetzt haben wir wenigstens noch eine Stunde für die Schatzsuche«, sagte Mufford.

»Was?«, sagte Sponge.

»Was?«, sagte Mufford.

»Jetzt haben wir wenigstens noch eine Stunde für die Schatzsuche«, sagte Sponge.

»Was?«, sagte Mufford.

Dann währte es noch eine Weile, bis die Jungs überhaupt etwas anderes hörten als das Echo der zwölf Glockenschläge, das ihnen hartnäckig in den Ohren hallte.

»Im Nachhinein besehen, war es vielleicht ein Fehler, dass wir uns den Turm zur Mittagszeit vorgenommen haben, Mufford«, sagte Sponge.

»Wohl wahr«, sagte Mufford. »Aber jetzt sind wir hier. Lass uns weitersuchen.«

Die Jungs begannen mit der Suche nach dem nächsten Hinweis.

Nach mehreren Minuten erfolgloser Bemühungen sagte Sponge schließlich: »Wo ist der Hinweis, Mufford? Ich sehe weit und breit nichts.«

»Geduld! Er muss auf der Glocke sein. Schau, dort! Da ist was ins Metall geritzt.«

»Aber es ist zu klein. Ich kann es nicht lesen.«

»Ich auch nicht.«

»Ich könnte zurückgehen und das Fernrohr holen, das mir mein Onkel Tarquin geschenkt hat.«

»Ich befürchte, ein weiterer Aufstieg würde nur in noch mehr Stunden zu bewältigen sein. Doch was sag ich, du wärst sowieso schon tot, bevor du hier ankommen würdest.«

Dem musste Sponge wohl oder übel zustimmen.

»Wir können uns doch nicht den ganzen Weg hier hinaufgequält haben und dann erfolglos wieder abziehen.«

»Wieder abziehen? Niemals. Einer von uns beiden muss auf die Glocke klettern und die Inschrift von nahem anschauen. Wie kommt dein Kopf mit der Höhe zurecht, Sponge?«

»Mein Kopf? Warum redest du von meinem Kopf und nicht von deinem?«

»Weil du eindeutig behänder bist als ich, Sponge.«

»Ich kann nicht behaupten, dass mir das jemals aufgefallen ist.«

»Nein? Aber es wird doch immer wieder bemerkt.«

»Von wem?«

»Weiß ich nicht. Allgemein.«

»Ich geh da nicht rauf!«

Als Mufford Sponges eigentlich weiches, jetzt aber entschlossen vorgerecktes Kinn sah, wusste er, dass sein Freund seine Meinung nicht ändern würde. Deshalb tastete er sich vorsichtig zum Geländer und schaute darüber. Beim Anblick der sich in die Tiefe windenden Treppe schlotterten ihm die Beine. Der Treppenflur war dunkel, den Fuß der Treppe konnte er nicht sehen.

»Ich habe Angst, Sponge«, sagte er.

»Du schaffst das!«, erwiderte sein Freund.

»Meinst du? Warum machst du es dann nicht?«

»Na ja, schließlich bist du ein Mufford. Denk an den alten Greenbeard. Der ist auf seinem Schiff garantiert ständig hoch oben in der Takelage herumgekraxelt. Stell dir vor, du bist er.«

Mufford nickte und stellte sich tatsächlich vor, er sei Greenbeard und nicht der Schuljunge mit den Wackelpuddingbeinen, der er ja war. Es wirkte – er wurde gleich mutiger.

Er stellte sich vor, dass er nicht etwa auf Big Bob herumkletterte, sondern über die Reling eines gekaperten Schiffes, am Hauptmast hoch, und statt der dort hängenden Flagge seine eigene hisste – die Flagge mit dem Goldenen Totenkopf.

Aber all diese Bilder verschwanden, als er plötzlich den Halt verlor und nur so eben noch das Glockenseil zu fassen bekam. Mit den Füßen suchte er auf der rutschigen Oberfläche der Glocke festen Halt.

»Verflixt!«, schrie er.

»Mufford!«, schrie Sponge.

»Alles ... alles ... in Ordnung, Sponge. Alles klar.«

Doch das stimmte nicht. Er fand nämlich keinen Grund mit den Füßen und baumelte über dem gähnenden Schacht an dem Glockenseil. Endlich aber schaffte er es zitternd, sich auf die Glocke zu hieven.

»Siehst du was?«, rief Sponge.

Mufford beruhigte sich wahrhaftig so weit, dass er sich auf die Inschrift konzentrieren konnte.

Um sie sich richtig einzuprägen, sagte er sie sich mehrmals lautlos vor, dann rief er Sponge zu: »Da steht: ›Ich bin umgeben von Wasser, umgeben von Land‹.«

»Was bedeutet das?«

»Woher soll ich das wissen?«, antwortete Mufford

nervös und geriet auf der Glocke mächtig ins Schwanken. »Ich sag dir nur, was da – verflixt!«

Wieder rutschte Mufford aus, hatte aber großes Glück und rettete sich auf das Geländer, von dem ihn Sponge gleich zu sich herüberzog. Doch als Mufford dasaß und versuchte, wieder zu Atem zu kommen, erspähte er einen bekannten Haarschopf.

»Was machst du denn hier, Kennington?«, fragte er.

»Ich?«, erwiderte Kennington lässig. »Ich vertrete mir die Füße.«

»Die Füße vertreten? Oben auf dem Bebenden Turm?«

ICH BIN UMGEBEN VON WASSER, UMGEBEN VON LAND

»Ich will kräftigere Waden bekommen.«

»Aha?«, sagte Sponge. »Na, schaden kann es –«

»Was machst du in Wirklichkeit hier, Kennington?«, herrschte Mufford ihn an. »Du hast schon unanständig kräftige Waden. Bist du uns gefolgt?«

»Euch gefolgt? Ha, ich würde euch nicht mal in einen Bonbonladen folgen! Selbst wenn ich schon drin wäre.«

Mufford und Sponge wechselten einen perplexen Blick.

Da ertönte ein lautes Kreischen, und alle drei Jungs zuckten zusammen. Captain Cutlass hockte auf einem Fenstersims nicht weit von ihnen.

»›Unanständig kräftige Waden‹!«, kreischte der Papagei und flog aus dem Fenster.

»Was für ein lästiges Viech«, sagte Kennington.

»Pass auf, wir wollen nicht, dass die Piraten denken, du würdest uns helfen. Verschwinde«, sagte Mufford.

»Verschwindet ihr doch«, sagte Kennington.

»Wollten wir auch gerade. Komm, Sponge«, sagte Mufford.

Die lange Treppe hinunterzugehen war zwar nicht so eine Quälerei wie sie hinaufzugehen, aber trotzdem anstrengend. Mit Gummibeinen langten sie unten an.

»Wo seid ihr zwei beiden denn gewesen?« Kennington kam auf sie zu!

Die Jungs starrten Kennington an, dann die Treppe hoch, dann wieder Kennington.

»Wie?«, fragte Mufford. »Wie?«

Kennington schüttelte den Kopf.

»Ihr zwei werdet mit jedem Tag dümmer«, sagte er und wanderte von dannen.

»Das verstehe ich nicht«, sagte Sponge. »Er war hinter uns.«

»Vielleicht haben wir uns geirrt«, sagte Mufford.

»Wobei geirrt?«

»Das weiß ich nicht. Wie sollte ich auch? So ist das beim Irren.«

»Was?«

»Dass man verwirrt ist.«

»Vielleicht gibt es zwei Kenningtons.«

»Was für eine grauenhafte Vorstellung. Es muss eine andere Erklärung geben, sonst bin ich völlig um den Schlaf gebracht.«

»Meinst du, er hat den Hinweis gehört? Aber was führt er sowieso im Schilde? Er weiß, dass die Schule und wir alle in tödlicher Gefahr schweben. Was spielt er für ein Spiel?«

»Wer weiß. Aber irgendeins spielt er immer. Umso mehr Grund für uns, es schnell herauszufinden und den Schatz vor ihm zu entdecken.«

Der Modermoorer Teich

Mufford und Sponge standen im Schlafsaal, und obwohl sie den Hinweis in einem fort vor sich hin sagten, fiel ihnen nichts dazu ein.

»Ich bin umgeben von Wasser, umgeben von Land«, sagte Sponge zum x-ten Mal.

»Wie kann etwas gleichzeitig von Wasser und von Land umgeben sein?«

Sponge schüttelte den Kopf. »Umgeben von Wasser. Was könnte das sein?«, überlegte er.

»Ein Fisch? Eine Ente? Ein Schiff? Vielleicht die Goldener Totenkopf?«

»Oder eine Insel.«

»Ja. Aber dann umgeben von Land? Das kann alles Mögliche sein. Wir sind auch umgeben von Land, Sponge. In Massen.«

»Aber es steht da: ›Umgeben von Wasser *und* von Land‹.«

»Ein See! Was ist mit der Insel im Modermoorer Teich, Mufford? Die ist von beidem umgeben.«

Sponge ging zum Fenster, Mufford stellte sich neben ihn. Dort, undeutlich zu sehen in dem Dauernieselregen, lagen der Niedermoorer Teich und die Insel mit dem einzelnen Baum in der Mitte.

»Vielleicht ist der Schatz dort vergraben«, sagte Sponge. »Vielleicht hat der alte Greenbeard ihn schließlich doch auf einer Insel vergraben.«

»Ja, das könnte stimmen, Sponge. Bravo! Komm, wir gehen.«

Sie hatten gerade ein paar Schritte zurückgelegt, da trat ihnen Newboy in den Weg.

»Wie läuft's?«, fragte er.

»Wir haben den nächsten Hinweis entschlüsselt«, sagte Sponge.

»Gut«, sagte Newboy. »Die Jungs sind in großer Sorge. Und Kennington sät leider Unfrieden.«

»Das glaube ich gern«, sagte Sponge.

»Ich habe ihnen gesagt, dass ihr euer Bestes tut.«

»Danke, Newboy«, sagte Mufford. »Entschuldige, wir müssen uns sputen.«

»Ja, natürlich. Viel Glück!«

Die Jungs winkten Newboy zum Abschied zu und liefen rasch aus der Schule die Einfahrt hinunter, durch das Haupteingangstor, und befanden sich schließlich außerhalb des Schulgeländes. So weit waren sie unbegleitet noch nie draußen gewesen. Bald liefen sie über die Landstraße, und nur der Schrei eines Bussards hoch über ihnen war zu hören.

»Was machen wir, wenn wir am Modermoorer Teich sind?«, fragte Sponge.

»Wir holen uns das Boot aus dem Bootshaus und rudern hinaus zur Insel«, erwiderte Mufford.

Sponges Gesicht nahm einen blassgrüngrauen Farbton an.

»Mit Booten hab ich's nicht so«, brachte er hervor.

»Also, bitte, Sponge«, stöhnte Mufford. »Was hilft es mir, wenn mir mein Schiffsoffizier sagt, ich soll mir vorstellen, ich wäre Greenbeard, und dann hat er Angst, dass er in einem Boot auf einem kleinen Teich seekrank wird!«

»Dein Schiffsoffizier? Echt?«

»Arrr! Na, klar! Wer sonst sollte das sein?«

Bei der Vorstellung, wie er neben Mufford Greenbeard an Deck der Goldenen Totenkopf stand, sie eine Insel erspähten und die Segel setzten, wurde Sponge gleich ganz heiter.

»Arrr!«, schrie er. »Holen wir das Boot aus dem Bootshaus!«

»Ay, ay!«

Sie rannten zum Bootshaus und kletterten in eins der Ruderboote. Bevor sie sicher saßen, schwankten sie schon so sehr, dass sie fast gekentert wären. Doch dann stießen sie sich ab, und prompt verließ Sponge sein gerade erst entdeckter Seeräubermut.

»Arrr. Ich mag das Meer nicht. Da krieg ich das Bibbern.«

»Ach, bibbern tust du doch bei allem und jedem. Dir passiert schon nichts. Und das Meer ist das hier ja wohl kaum.«

»Das vielleicht nicht. Aber ein sehr großer Teich. Und was ist mit dem Wurm von Modermoor, der Seeschlange?«

»Arrr. Den gibt's doch gar nicht. Es hat nie auch nur den geringsten Beweis dafür gegeben.«

»Das ist es ja. Niemand sieht den Wurm, bis es zu spät ist.«

»Und wieso weiß man dann, dass er existiert?«

»Weil … Weil … versuch doch nicht immer wieder, mich aus dem Konzept zu bringen, Mufford.«

»Tut mir leid, mein Freund. Aber du musst dir alle Gedanken an den Modermoorer Wurm aus dem Kopf schlagen.«

Sponge nickte, aber er verfolgte sorgsam jedes Kräuseln des Wassers um sie herum. Der Teich fühlte sich seltsam abgelegen an, obwohl man Modermoor Castle in nicht allzu weiter Ferne immer sehen konnte.

Die Jungs ergriffen beide ein Ruder und ruderten los. Zur Insel. Meilenweit war kein anderer Laut zu hören als das Spritzen, wenn die Holzruder – doch sehr unrhythmisch – ins Wasser tauchten.

Nach wenigen Minuten stießen sie mit dem Bug des Bootes ans Inselufer und krabbelten unbeholfen an Land.

»Was suchen wir jetzt?«, fragte Sponge.

»Weiß nicht«, erwiderte Mufford.

»Schau, dort!«

Mufford sah es jetzt auch. An einem Baumstamm hing ein Bleischild an einer rostigen Kette. Offenbar hing es schon so lange dort, dass es halb eingewachsen war. Wenn sie nach Jahren noch einmal hierherkommen würden, war es bestimmt vollkommen in der Rinde verschwunden und unleserlich. Die Inschrift lautete:

»Was für ein Ring mag gemeint sein?«, sagte Sponge. »Ob es was mit Schmuck zu tun hat?«

»Da bin ich überfragt«, antwortete Mufford. »Vielleicht eine Halskette.«

»Mit einem Anhänger, der wie eine Frau aussieht?«

»Mag sein. Aber jetzt sollten wir erst einmal zusehen, dass wir wieder von hier wegkommen. Wir können später in der Schule noch mal darüber nachdenken.«

Sie stiegen ins Boot. Doch mittlerweile wallte dichter Nebel über den Teich, und sie konnten in keine Richtung mehr etwas erkennen. Wie in einem Hohlraum waren sie gefangen und konnten nur ein paar Meter weit sehen.

»Mufford«, sagte Sponge. »Das behagt mir gar nicht.«

»Mir auch nicht«, antwortete Mufford. »Aber wir dürfen den Mut nicht verlieren. Wohin geht's zum Bootshaus, was meinst du?«

»Wo ist die Sonne?«

»Na, wenn wir die Sonne sehen könnten, hätten wir unser Problem gar nicht.«

»Ja, du hast recht …«

»Ach, komm. Ich bin sicher, wir müssen in diese Richtung rudern. Ich spüre es. Vielleicht habe ich Greenbeards seefahrerisches Talent geerbt.«

Nach ungefähr einer halben Stunde stießen sie plötzlich wieder ans Ufer der Insel. Der Aufprall war so heftig, dass sie beinahe aus dem Boot geschleudert worden wären.

»Verdammich«, sagte Mufford. »Arrr! Ich hab dir ja gesagt, dass du dein Ruder im falschen Winkel hältst.«

»Im falschen Winkel? Wieso spielst du dich plötzlich als Fachmann für Ruderwinkel auf?«

Der Nebel hatte sich kein bisschen gelichtet. Doch da sie beide keine Lust verspürten, noch länger auf der Insel zu bleiben, stießen sie sich wieder ab. Kaum waren sie ein paar Minuten gerudert, da wurden vor ihnen langsam die Umrisse einer Gestalt sichtbar.

»Hilfe!«, schrie Sponge. »Der Wurm von Modermoor!«

»Da hast du gar nicht mal so unrecht«, sagte Mufford, als die Gestalt deutlicher zu erkennen war.

»Kennington!«, rief Sponge.

Das andere Boot legte sich längsseits neben sie.

»Arrr! Was suchst du hier, Landratte?«, fragte Mufford.

»Hör auf, wie ein Pirat zu sprechen, du Nasenloch. Ich habe genauso gut wie ihr das Recht, einen Bootsausflug auf dem Teich zu machen.«

»Im Nebel?«, fragte Mufford.

»Ich mag Nebel. Der ist gut für meinen Teint.«

»Das glaub ich dir gern«, sagte Mufford.

»Doch, ist er. Ich hab's ja gerade gesagt.«

»Vielleicht ja, vielleicht nein.«

»Ja, ich hab's gesagt. Sag es ihm, Sponge.«

Sponge öffnete den Mund, um zu antworten, aber Mufford schnitt ihm das Wort ab.

»Ist doch gehüpft wie gesprungen. – Aber he, Kennington, was führst du eigentlich im Schilde?«

»Das werden wir sehen, was?«

»Vielleicht.«

»Ich hab gesagt, wir werden es sehen.«

»Na, gut«, sagte Mufford. »Aber wir sollten wohl besser mal …« Doch Kennington war schon im Nebel verschwunden.

Mufford und Sponge griffen erneut nach ihren Rudern, los ging's, und zu ihrer riesigen Freude stießen sie nach kurzer Zeit an den Anlegesteg, der nur ein paar Meter vom Bootshaus entfernt war. Flugs kletterten sie aus dem Boot und rannten zur Schule.

18

Sieht aus wie eine Dame

Als Mufford und Sponge über die Einfahrt zu den Schultoren tippelten, schauten sie immer wieder zurück, um zu sehen, ob Kennington hinter ihnen herkam. Gleichzeitig zerbrachen sie sich den Kopf über den Hinweis von der Insel im Modermoorer Teich.

»›Ich gehöre zu einem Ring und sehe aus wie eine Dame‹«, murmelte Sponge vor sich hin. »›Ich gehöre zu einem Ring und sehe aus wie eine Dame‹, ›Ich gehöre zu einem Ring und sehe aus wie eine Dame‹, ›Ich gehöre zu einem Ring und sehe –‹«

»Du kannst damit aufhören, wann du willst – vorausgesetzt, es passiert *sofort*«, sagte Mufford.

»Ich dachte, es würde helfen.«

»Da hast du falsch gedacht.«

»Huch!«, rief Sponge, als sie auf dem Weg plötzlich einer Gruppe der Piratenlehrer, die ihre Entermesser und Pistolen gezückt hatten, gegenüberstanden.

»Arrr« knurrte der Piratendirektor. »Wo ist mein Schatz?«

»Unser Schatz meinst du wohl«, sagte Mizzenmast Mary.

»Ay, ay«, sagte der Piratendirektor. »Natürlich. Unser Schatz.«

Die Piraten beugten sich zu den Jungs vor und knurrten.

»Hören Sie zu«, sagte Mufford. »Wir haben immer noch einige Stunden.«

»Aber uns reißt der Geduldsfaden«, sagte der Piratendirektor. »Besonders Toothless Dave.«

»Ja«, sagte Toothless Dave. »Beeilt euch, und findet endlich Greenbeards Geist.«

Die Piratenlehrer japsten nach Luft und schauten sich, zu Tode erschrocken, mit großen Augen um.

»Äh, Verzeihung – ich hab ›Schatz‹ gemeint«, sagte Toothless Dave.

Ringsum erleichtertes Seufzen.

»Ihr habt Bammel!«, sagte Mufford.

»Arrr«, entgegnete der Piratendirektor, »ham wir nicht.«

»Habt ihr doch«, sagte Mufford. »Und deshalb wollt ihr, dass wir den Schatz für euch suchen. Euch graust davor, Greenbeards Geist zu begegnen.«

»Hör auf, seinen Namen zu sagen«, rief der Piratendirektor. »Es wär ja sowieso Quatsch, ihn zu rufen.«

»Wen rufen, Greenbeards Geist?«, sagte Mufford.

»Arrr!«, stöhnte der Piratendirektor und hielt sich beide Ohren zu. »Ist vielleicht besser, wenn wir euch die Sache jetzt wieder überlassen.«

»Ay!«, stimmten seine Gefährten zu und schauten nervös hierhin und dorthin.

Dann entfernten sie sich eiligst. Unter ihren Schritten knirschte der Kies. Sonst herrschte Totenstille. Die Jungs fingen wieder an zu überlegen, wie sie den Hinweis knacken konnten.

»Was könnte zu einem Ring gehören? Und wie kann es aussehen wie eine Dame?«, sagte Mufford.

»Kekse«, sagte Sponge wie aus der Pistole geschossen.

»Wieso Kekse?«

»Die sind mir als Erstes in den Kopf gekommen.«

»Manchmal machst du mir richtige Sorgen, Sponge.

Wollen wir's noch mal versuchen? Was für Dinge – außer Keksen – sind in einem Ring?«

Sponge verzog das Gesicht, so sehr konzentrierte er sich.

»Katzen …?«

Mufford starrte ihn verzweifelt an.

»Ach, ich weiß es wirklich nicht, Mufford«, sagte Sponge schließlich zu seiner Verteidigung.

Sie wollten gerade durch die Schultore gehen, da blieb Mufford abrupt stehen.

»Moment!«, rief er. »Was ist mit dem Steinkreis, an dem man auf dem Weg von Niedermodermoor zum Modermoor Castle vorbeikommt? Ein Kreis ist doch auch ein Ring, oder?«

»Die Steine von Modermoor!«, rief nun Sponge. »Ja, die bilden einen Ring. Einen Ring aus Steinen. Du hast das Rätsel geknackt, Mufford. Jetzt müssen wir dort nur einen Stein finden, der wie eine Dame aussieht.«

Statt in die Schule zu gehen, liefen die Jungen nun schnell in Richtung des Teichs und des Modermoors.

Der uralte Kreis von flechten- und unkrautüberwucherten Steinen stand seit unvordenklichen Zeiten auf einer Anhöhe am Rand des Moors. Äußerst beklommen gingen die Jungs dorthin. Den Schülern in Modermoor Castle hatte man stets gesagt, sie sollten sich davon fernhalten. Denn so mancher war über die Jahre dort spurlos verschwunden, und Mufford und Sponge wollten nicht auch dazugehören.

Sie schnappten sich große Stöcke und stocherten sich übers Moor vorwärts. Mit quietschenden Schritten hüpften sie von einem kleinen, relativ trockenen Hügel zum nächsten und versuchten, den nassen, schlammigen Modder und das triefnasse Torfmoor zu umgehen, das sie offenbar unbedingt verschlingen wollte.

Als sie endlich wieder festeren Boden erreicht hatten und sich den Steinen von Modermoor näherten, riss die Wolkendecke auf, ein Sonnenstrahl schoss herunter, und die Steine wirkten wie Schauspieler auf einer Bühne.

»Komisch, wenn man bedenkt, dass Miss Livia genau diese Steine auch schon gesehen hat«, sagte Mufford, der von dem erhabenen Anblick kurz regelrecht eingeschüchtert war.

»Von ihrem Dachfenster hat sie sie an einem klaren Tag bestimmt gesehen«, sagte Sponge. »Wenn sie noch gute Augen hatte.«

Mufford seufzte.

»Ich spreche von den Zeiten der Römer, Sponge. Ich habe zum beeindruckenden Alter dieser Steinchen eine schwärmerische Bemerkung gemacht. Sie waren schon uralt, als die Römer kamen. Das ist doch erstaunlich, wenn man es bedenkt. Stell dir mal vor, wie auch all die haarigen Druiden hier herumgetollt sind.«

»Es heißt, dass die Steine Riesen waren, die ein mächtiger Druide in Steine verwandelt hat.«

»Wer sagt das?«

»Die Leute. Du musst wissen …«

»Hör nie auf die Leute, Sponge. Sie reden viel, wenn der Tag lang ist.«

»Kann sein«, sagte Sponge. »Aber auf die Idee, dass die Steine verzauberte Menschen sind, kann man doch leicht kommen, Mufford. Schau sie nur an!«

Achselzuckend schaute Mufford die Steine an.

»Für Riesen sind sie aber nicht besonders groß«, sagte er und verdrehte die Augen.

»Damals waren die Leute kleiner.«

»Auf jeden Fall waren sie leichtgläubiger.«

Sponge wurde sauer.

Wieder änderte sich das Licht, die Steine wurden in tiefe Schatten getaucht, und aus allem wich die bunte Farbe. Es herrschten nur noch Grautöne.

»Es heißt auch, dass niemand die Steine zählen kann«, sagte Sponge geheimnisvoll. »Weil sie in ständiger Bewegung sind.«

»Sagen das auch wieder die Leute?«

Sponge nickte verlegen.

»Ich glaube, es ist eher so, dass die Menschen hier in der Gegend um Modermoor zu blöd zum Zählen sind, als dass die Steine magische Qualitäten besitzen.«

»Du hast keinen Sinn für das Übernatürliche, Mufford«, sagte Sponge stirnrunzelnd. »Beim Übernatürlichen geht es doch gerade darum, dass es sein kann, was es will. Der Partwork-Zweig meiner Familie ist sehr spirituell.«

»Ach ja? Was ist mit dem Zweig der Spongelys?«

»Der zeichnet sich durch keine besonderen Fähigkeiten aus.«

Die Jungs gingen um den Kreis aus Steinen herum und suchten einen, der einer Dame ähnelte. Sie prüften die Steine eigentlich aus jedem Blickwinkel, aber einen Stein, der an eine Frauenfigur erinnerte, fanden sie nicht.

»Der sieht eher wie ein Kaninchen mit angelegten Ohren als wie eine Dame aus, Sponge.«

Die Jungs ließen die Köpfe hängen. Wie hoffnungslos alles war. War das hier die Hürde, an der sie scheitern würden?

»Greenbeard war vor so langer Zeit hier, dass der Stein vielleicht schon ganz abgeschliffen oder umgekippt ist«, überlegte Mufford.

Sponge nickte. Möglich war das allemal. Diese Steine waren all dem gnadenlosen Wind und Wetter ausgesetzt gewesen, das Cumberland zu bieten hatte. Wer wusste schon, wie sie vor Jahrzehnten ausgesehen hatten?

»Wir können nur hoffen, dass die Inschrift noch da ist«, sagte Mufford. »Wir müssen die Steine einfach noch mal gründlich ansehen.«

»Warte. Schau dir den an.«

»Also, damenhaft sieht der nicht gerade aus, Sponge.«

»Aber es könnte ja die Dame aus dem Schachspiel sein. An die Figur erinnert er mich nämlich!«

»Beim Jupiter, Sponge, ich glaube, du hast recht.«

Sie gingen zu dem Stein und suchten ihn gründlich nach einer Inschrift ab. Sponge zog ein Stück Farn ab, und da war sie.

»Schau, da ist was in die Oberfläche gekritzelt. Kannst du das lesen?«

»Ich glaube, ja.« Mufford betrachtete angestrengt die eingekratzten Buchstaben …

Sie betrachteten den Satz. Sie betrachteten den Stein, den Nachbarstein und dann einander. Die Steine waren fast gleich groß. Sie schauten noch einmal die Inschrift an. Sie schauten noch einmal einander an. Zuckten die Achseln.

»Warte«, sagte Sponge. »Ich glaube, da hat sich was bewegt.«

»Ach, Sponge, du bist so leicht beeinflussbar. Die Steine von Modermoor bewegen sich nicht. Das ist eine Legende. Wie Australien.«

»Aber ich schwöre es, Mufford – schau!«

Mufford seufzte und drehte sich langsam um. Nun doch eher interessiert, sah er dorthin, wo der zitternde Finger seines Freundes hinzeigte.

»Sieh doch! Der, der aus dem Farngestrüpp herauswächst.«

Mufford riss die Augen auf, als sich einer der Steine gemächlich hinter einen anderen in dem Kreis schob.

»Die Legende ist wahr!«, schrie Sponge.

»Moment mal«, sagte Mufford. »Das Gestrüpp kenne ich. Kennington – komm hervor!«

Nach ein paar Sekunden entpuppte sich der angeblich sich bewegende Stein von Modermoor tatsächlich als niemand anderes als Kennington.

»Was unterstehst du dich, uns schon wieder zu verfolgen?«, sagte Sponge.

»Euch verfolgen?«, sagte Kennington. »Ich komme oft hierher, um bei den Steinen allein mit meinen Gedanken zu sein.«

»Allein mit deinen Ge-

danken?«, sagte Mufford. »Ich bezweifle sehr, dass du überhaupt fähig bist zu denken.«

»Doch, doch«, sagte Kennington. »Und ihr könnt sicher sein, dass ich mir bei eurem Anblick meinen ganz besonderen Teil denke.«

»Darauf wette ich«, sagte Mufford.

»Na, die Wette gewinnst du, weil es stimmt. Wie ich gesagt habe.«

»Was?«, sagte Sponge.

»Genau«, sagte Kennington.

Sponge blinzelte, wie oft, wenn er überwältigt und verdutzt war.

»Wechsel kein weiteres Wort mit ihm, Sponge, denn wir haben woanders Dringlicheres zu erledigen.«

»Wo?«, fragte Kennington.

»Ja, das wüsstest du wohl gern«, sagte Sponge.

»Stimmt. Sonst hätte ich kaum gefragt.«

»Na, dann ...« Sponge fing wieder an zu blinzeln.

»Na, dann was?«, sagte Kennington.

Sponge sah Mufford hilfesuchend an.

»Geht dich nichts an, Kennington«, sagte der. »Komm, Sponge. Wir müssen uns sputen.«

»Und wehe, du folgst uns«, sagte Sponge und drehte sich um.

Doch Kennington war schon verschwunden. Verlassen und unergründlich wie eh und je standen die Steine von Modermoor da.

»Wo ist er denn hingegangen?«, sagte Sponge.

»Ach, lass ihn«, sagte sein Freund. »Komm mit. Ich habe nämlich kapiert, was der Hinweis bedeutet. Die Hütte!«

»›Ich bin klein, doch mein Nachbar ist hoch!‹ … Natürlich, stimmt. Sie steht im Schatten des hohen alten Modermoor Castles. Wie eigenartig, dass nun alles an den Ort zurückführt, an dem unsere letzten Abenteuer angefangen haben.«

»Ja«, sagte Mufford. »Aber wir sollten uns beeilen. Es wird dunkel. Wir haben keine Zeit zu verlieren.«

Die Jungs wollten gerade zur Hütte laufen, da sahen sie Captain Cutlass auf einem der umgefallenen Steine von Modermoor hocken. Er nahm sie mit seinem guten Auge ins Visier und kreischte.

»›Die Hütte‹!«

»So soll ich klingen?«, sagte Mufford, während der Papagei in Richtung Modermoor Castle davonflatterte.

»Ich hasse diesen Vogel«, sagte Sponge.

Wieder in der Hütte

Auf dem Weg zur Hütte warteten schon einige Mitschüler auf die Freunde.

»Hast du den Schatz gefunden, Mufford?«, fragte Enderpenny.

»Warum fragst du nur Mufford?«, sagte Sponge.

»Na, hast *du* ihn gefunden?«, fragte Furthermore, und alle schauten Sponge gespannt an.

»Nein«, musste Sponge eingestehen. »Noch nicht.«

»Aber wir sind kurz davor«, sagte Mufford.

»Sind wir das?«, fragte Sponge.

»Natürlich sind wir –«

»Die Piraten haben schon die Planke am Bebenden Turm befestigt«, unterbrach Filbert ihn.

»Ihr müsst diesen Schatz bald finden, Mufford«, sagte Kennington.

»Das würden wir auch viel schneller, wenn du uns nicht dauernd in die Quere kämst.«

»Was redest du da? Ich bin überhaupt nicht in eurer Nähe gewesen. Du spinnst!«

»Komm, Sponge«, sagte Mufford. »Wir haben keine Zeit für solches Geplänkel. Wir müssen die Schule retten. Fürchtet euch nicht, Jungs. Wir werden euch nicht enttäuschen.«

Mufford machte eine Pause, weil er mit Hochrufen rechnete. Als nur ein allgemeines Stöhnen folgte, nickte er Sponge zu, und sie gingen weiter.

»Psst«, hörten sie eine Stimme hinter sich.

»Newboy«, sagte Sponge und drehte sich um.

»Ich hatte recht, was Kennington betrifft«, sagte Newboy. »Er will euch immer noch zuvorkommen und den Schatz für sich ergattern.«

»Ja, das weiß ich, aber ich bin erstaunt, dass er so weit geht, seine Mitschüler einem solch schlimmen Ende auszuliefern«, sagte Mufford.

»Er ist völlig plemplem«, sagte Newboy. »Ich glaube, er ist zu allem fähig.«

Die Jungs nickten ernst, und nachdem sie sich wieder einmal von Newboy verabschiedet hatten, tippelten sie aus dem Schulgebäude hinaus in Richtung des

Sportplatzes und der Hütte. Den Weg kannten sie seit ihrem letzten Abenteuer gut; mit jedem Schritt wurden sie von Erinnerungen überflutet. Mittlerweile war es richtig dunkel. Der Vollmond war aufgegangen, wurde aber gerade von einer Wolke verdeckt, und sie konnten kaum erkennen, wo sie laufen mussten.

»Es kommt mir ein bisschen komisch vor, Mufford, dass wir hingehen dürfen, wo wir wollen«, sagte Sponge, als sie sich vorwärtstasteten.

»Ja, ich weiß, was du meinst. Aber die Piraten führen die Schule eher lasch.«

»Was meinst du, wo die Lehrer sind, Mufford? Wenn sie noch leben?«

»Ich weiß es nicht. Aber sie *und* den Schatz zu finden, dafür haben wir keine Zeit. Eins nach dem andern.«

»Ganz schön gespenstisch, nachts hier in den Anlagen herumzuwandern.«

»Aber nach unserem Abenteuer mit der Zeitmaschine sind wir doch auf alles gefasst.« Mufford lächelte. »Schließlich hast du einem Werwolf getrotzt.«

»Das weiß ich. Aber leider, leider bin ich dadurch ängstlicher geworden. Was mag da draußen alles sein?«

»Wo draußen?«

»Überall in der Dunkelheit.« Sponge schaute sich bang um. »Ich weiß, ich werde keinen Werwolf mehr sehen, Gott sei Dank, aber hier könnte doch wer weiß was lauern.«

»Zum Beispiel was?« Jetzt wurde Mufford auch ängstlich.

»Zum einen ein Gespenst.«

Mufford verdrehte die Augen.

»Was, wenn der Geist von Greenbeard auf uns wartet?«

»Du hast doch gehört, was Mr Luckless gesagt hat. Das ist nur eine Geschichte, um einfache Leute in Angst und Schrecken zu versetzen. Und wie die Piraten reagiert haben, als wir den Geist von Greenbeard erwähnt haben, hast du auch gesehen.«

»Aber ich mag Geister und Gespenster auch nicht, Mufford.«

»Sponge, verrenn dich da nicht rein. Wir werden keinen Geist sehen. Fürchte dich nicht.«

In dem Moment tauchte eine Gestalt in der Dunkelheit vor ihnen auf. Eine große Gestalt in Anzug und Lehrerrobe.

»Mr Particle!«, sagten Sponge und Mufford wie aus einem Mund.

»Jungs«, sagte ihr eigentlich doch verstorbener Physiklehrer, der augenscheinlich genauso überrascht war, sie zu sehen, wie sie ihn. »Alles in Ordnung? Ihr seht aus, als hättet ihr einen Geist erblickt.«

»Aber …«, hob Sponge an und schwabbelte wie ein Wackelpudding auf einem Fahrrad.

»Ah – Jungs«, sagte Mr Particle, irgendwie hinterhältig. »Was um alles in der Welt macht ihr hier?«

»Was *wir* hier machen?« Mufford starrte ihn an.

»Ja«, sagte Mr Particle. »Warum wandert ihr nach dem Lichtausmachen auf dem Schulgelände herum?«

»Wir … das heißt … äh, Sponge, sag es Mr Particle.«

»Was? Ähm … Also …«

»Ich glaube, ihr geht am besten in den Schlafsaal zurück, Jungs. Und musst du mir nicht noch eine Hausarbeit abgeben, Mufford?«

In diesem Augenblick löste sich eine höckerige Nase von einem Wasserspeier und stürzte herab. Sie traf Mr Particle am Kopf, und er sank zusammen wie ein Soufflé.

»Ist er t-t-t–??«

»Nein, Sponge, nur bewusstlos.«

Mr Particle war zwar bewusstlos, konnte aber trotzdem stöhnen.

»Hättest du gedacht, dass man einen Geist bewusstlos schlagen kann?«, fragte Sponge.

Mufford hatte plötzlich eine Eingebung und schaute zur Hütte.

»Nein, aber er ist auch gar kein Geist, Sponge«, sagte Mufford und stocherte dem Lehrer im Ohr herum. »Schau, er ist so kompakt wie ein Pudding von Mrs Glump.«

»Aber wie passt das alles zusammen? Er ist tot, Mufford. Ich habe selbst gesehen, wie er erschossen worden ist. Er hat ein Grab mit allem Drum und Dran. Sogar zwei Gräber, wenn man das erste mitzählt, in dem er begraben wurde.«

»Jetzt tot, aber in der Vergangenheit nicht.«

Sponge dachte angestrengt nach.

»Und trotzdem ist es jetzt jetzt …«, fuhr Mufford fort.

»Jetzt jetzt?«

»Ja – und er lebt. Jetzt. Obwohl er gestorben ist – damals.«

Sponge nickte widerstrebend.

»Und das kann nur bedeuten …«

»Die Zeitmaschine«, sagten sie wieder wie aus einem Munde.

»Als er in der Vergangenheit noch lebte, muss er in die Zukunft gereist sein … seine Zukunft … also unsere Gegenwart. Verstehst du?«

»Dann kriegt er aber einen fiesen Schrecken, wenn er entdeckt, dass er tot ist. So was würde ich hassen wie die Pest. Und was, wenn ihn jemand findet? Oder die Zeitmaschine?«

»Stimmt – ich kann mir nicht vorstellen, dass es gut wäre, wenn die Piraten die Zeitmaschine in die Finger bekämen, Sponge. Denk dir nur, wie sie sich mit ho ruck! und ahoi! durch die Geschichte katapultieren lassen würden, hin und zurück, hin und zurück. Ach, und Kennington sollte auch nichts davon erfahren. Am besten bringen wir Particle in die Hütte und erklären ihm alles, wenn er aufwacht.«

»Gute Idee. Schau, dort ist Mr Scurrys Schubkarre. Die können wir nehmen.«

Die Jungs hievten Mr Particle in die Schubkarre und schafften es dann mit einiger Anstrengung, ihn bis zur Hütte zu schieben.

»So«, sagte Mufford. »Suchen wir den nächsten Hinweis auf den Schatz.«

Mufford öffnete gerade die Tür, da fiel Sponge was ein.

»Das Geld!«, rief Sponge. »Wir brauchen den Schatz gar nicht. Das Geld des Direktors ist ja in der Zeitmaschine.«

»Ach, klar«, erwiderte Mufford. »Wenn auch die Frage ist, ob die Piraten Bargeld nehmen. Wahrscheinlich wollen sie nichts anderes als Greenbeards Juwelen. Was aber nicht heißt, dass wir das Geld nicht nehmen können. Die Piraten müssen es gar nicht erfahren. Wenn wir das jetzt gut hinkriegen, können wir dem Direktor – wo immer er gerade ist – das Geld zurückgeben, und dann wird Modermoor Castle gerettet, und wenn wir Greenbeards Schatz finden, gehört uns die Hälfte davon.«

»Vielleicht sollten wir das Geld aus dem Sessel holen, bevor Mr Particle aufwacht. Sonst könnte es kompliziert werden.«

»Einverstanden. Mach du das, Sponge, während ich nach dem Hinweis suche.«

Die beiden Jungs ließen Mr Particle draußen in der Schubkarre liegen und gingen in die Hütte.

»Da vorn steht eine Lampe«, sagte Mufford. »Und hier sind Streichhölzer. Zünde die Lampe an, damit wir überhaupt sehen können, was wir hier machen.«

Sponge ging zur Lampe, rieb das feuchte Streichholz ein paarmal an einer Oberfläche, bis es entflammte, und entzündete den Docht. Das Innere der Hütte wurde in bernsteinfarbenes Licht getaucht.

Dann machten sich die Freunde auf die Suche. Mufford fahndete nach dem nächsten Hinweis, während Sponge zwischen den Polstern und Kissen des Sessels wühlte und dabei fast darin verschwand.

»Hier, Sponge!«, rief Mufford. »Ich hab's gefunden. Die Inschrift über der Tür dort! Sie lautet –«

»Warte! Ich hab auch was gefunden!« Sponge hatte tief hinter dem Kissen auf der Sitzfläche ein vergrabenes Päckchen erspäht. Als er an dem braunen Papier zog, zerriss es, und er sah mehrere Bündel Banknoten.

»Das Geld!«, rief er.

»Ausgezeichnet!«, rief Mufford und kletterte auf die Armlehne, um Sponge über die Schulter zu schauen.

»Es ist ein bisschen verzwickt, es herauszuholen. Vielleicht brauche ich deine –«

Doch als Sponge sich aus dem Sessel herauswinden

wollte, stieß er mit dem Po an den Hebel, und sofort erfolgte das ihnen vertraute Blitzen und Jaulen.

»Was hast du gemacht?«

»Egal was, ich wollte es nicht.«

»Oje, hast du uns in die Vergangenheit oder in die Zukunft geschickt?« Mufford blickte sich nach Anzeichen irgendwelcher Veränderungen um, sah aber nichts.

»Keine Ahnung.«

»Wir sollten sofort dorthin zurückkehren, wo wir waren. Das Durcheinander können wir nicht gebrauchen. Mein Gehirn könnte es auch gar nicht mehr verkraften. Wir sollten dem Direktor gleich das Geld zurückbringen. Dann sind wir Helden.«

»Ja, natürlich. Ich verstehe, was du meinst. Wenn ich auch neugierig wäre, zu sehen, wo wir sind. Du nicht?«

Mufford musterte die Wählscheiben.

»Also, ich glaube, wir sind nur ein ganz kleines bisschen in die Zukunft gereist. Ein paar Wochen, vermute ich.«

»Na, dann wäre es doch schön, wenn wir erführen, ob wir es geschafft haben, die Schule zu retten. Wenn wir erführen, ob alles wieder normal läuft. Normal für die Verhältnisse von Modermoor Castle, meine ich.«

Mufford, der schon mit der Hand an die Scheibe und den Hebel ging, zögerte.

»Gut, aber nur ein kurzer Blick, und dann sofort zurück.«

Sponge lächelte und nickte. Die Jungs sprangen von dem Sessel herunter und öffneten die Hüttentür.

Zu ihrer Verblüffung und ihrem Entsetzen schwebte direkt vor ihnen ein riesiger Augapfel.

Der schwebende Riesenaugapfel

Nei-ein!«, schrien sie und schlugen die Tür zu.

»Was war das?«, rief Sponge.

»Ich weiß nicht. Aber freundlich sah es nicht aus.«

»Was machen wir?«

»Zurück zur Zeitmaschine.«

Die Jungs sprangen auf den Sitz, und Mufford drehte die Zeiger geschickt auf neutral, damit sie genau zu dem Zeitpunkt zurückkehrten, an dem sie losgefahren waren, und zog an dem Hebel.

»Woher um alles in der Welt ist das Ding denn gekommen?« Sponge starrte schlotternd weiter zur Tür.

»Wer weiß, Sponge? Aber wenigstens ist es jetzt nicht mehr da.«

»Bist du sicher?«

»Natürlich bin ich sicher. Es ist in der Zukunft. Wenn auch nicht in so ferner Zukunft, wie mir lieb wäre. In ein paar Wochen oder sogar Tagen wird das Ding in Modermoor Castle herumwandern.«

Sponge wimmerte.

»Mach noch mal kurz die Tür auf, Mufford«, sagte er. »Nur um sicherzugehen.«

»Warum machst du sie nicht auf?«

»Weil du mutiger bist. Und größer. Was immer es ist, es wird sich von dir mehr beeindrucken lassen als von mir.«

»Es war ein Riesenaugapfel, Sponge. Und der hat für mich keineswegs ausgesehen, als ließe er sich von einem Mufford beeindrucken – nicht mal von einem Mufford aus Berkshire.«

»Trotzdem … bitte …«

»Ts, ts.« Mufford kletterte kopfschüttelnd von dem Sessel herunter.

Dann riss er schwungvoll die Tür auf und trat zur Seite, damit Sponge auch was sehen konnte.

Als er aus dem Augenwinkel heraus sah, dass sich auf Sponges Gesicht erneut blankes Entsetzen spiegelte, war er ziemlich überrascht und schaute stirnrunzelnd

selbst um die Tür. Und dann war er bestimmt genauso entsetzt wie Sponge, denn vor der Tür sah er einen geifernden Werwolf stehen, dessen Fell im Licht des Vollmondes von hoch oben glänzte.

»Verflixt!«, schrie er und knallte die Tür wieder zu. »Der alte Particle hat wieder einen Anfall, Sponge.«

Doch kaum war die Tür zu, flog sie auch schon wieder auf und schickte Mufford quer durch die Hütte, wo er wie ein Häuflein Elend zu Boden sackte. Halb von Sinnen sah er, wie der Werwolf hereinkam und auf den unglücklichen Sponge zuging, der sich in den Sessel duckte.

Aber da! An der Wand lehnte eine Schaufel. Mufford rappelte sich auf, nahm sie und schlich sich von hinten an den knurrenden Werwolf heran.

Er räusperte sich. »Entschuldigen Sie, Mr Particle, Sir …«

Als der Werwolf sich umwandte, schlug er ihm, so fest er konnte, auf eine Wange. Der Werwolf drehte sich ein paarmal um die eigene Achse, und Sponge gelang es gerade noch, ihm aus dem Weg zu springen, als das Tier bewusstlos auf die Zeitmaschine fiel.

»Mufford!«, schrie Sponge. »Du hast mir das Leben gerettet!«

»Nicht, wenn er wieder aufwacht. Schnell! Wir müssen ihn wegschicken.«

»Wohin?«

»Natürlich in die Vergangenheit. In der Zukunft würde er schließlich auf uns warten!«

»Stimmt. Du bist so –«

Der Werwolf regte sich.

»Grrrr!«

Mufford verstellte die Zeiger auf der Scheibe, riss an dem Hebel, es blitzte und jaulte, und die Zeitmaschine samt ihrem Insassen verschwand.

»Puh!«, sagte Sponge.

Es dauerte einen Moment, bis die Freunde wieder zu Atem gekommen waren und ihre Gedanken sammeln konnten.

»Gut«, sagte nun Mufford. »Lass uns mal das Geld irgendwohin bringen, wo es in Sicherheit ist, bis wir den Direktor gefunden haben.«

»Das Geld?«, fragte Sponge.

»Ja, Sponge. Das Geld, das wir im Sessel gefunden haben. Das Geld des Direktors. Wo ist es?«

Sponge schaute dorthin, wo der Sessel gestanden hatte, und biss sich auf die Lippe.

»Es steckt im Sessel, stimmt's?«, sagte Mufford.

Sponge nickte. Mufford seufzte.

»Na, dann müssen wir wohl die Suche nach dem Schatz wieder aufnehmen.«

»Das fürchte ich auch.«

»Meinst du, die Piraten halten wirklich Wort? Ob sie wohl die Lehrer freilassen, den Jungs kein Leid antun und uns den halben Schatz abgeben, wenn wir ihn gefunden haben?«

»Das weiß ich nicht, Sponge. Aber wir haben keine andere Wahl.«

Der Meinung war Sponge allerdings auch.

»So, was steht da? Auf dem Hinweis, den du gefunden hast?«

Mufford griff zur Lampe, und beide Jungs schauten zu der Schrift hinauf, die in das Holz über der Tür geschnitzt war. Sie lautete folgendermaßen:

»Was?«, rief Sponge. »Das heißt doch dann, dass wir wieder zu dem alten Friedhof gehen müssen, wo wir angefangen haben.«

»Allem Anschein nach ja. Aber wie das? Und warum?«

»Na, besser, wir gehn mal los und finden es heraus.«

Mufford nickte, stellte die Lampe an ihren Platz zurück und blies sie aus. Sofort herrschte tiefe Dunkelheit. Nur das Mondlicht sickerte durch die spinnwebverdunkelten Fenster.

»Mufford«, sagte Sponge leise. »Was war das Riesenauge?«

»Keine Ahnung, Hasenfuß. Doch ich habe das schreckliche Gefühl, dass wir das später in dieser Serie herausfinden.«

»In dieser Serie?«

»Ja – wir haben mit der Zeitmaschine, den Wikingern und so weiter und so fort ein Abenteuer erlebt und erleben jetzt eins mit den Piraten – und zu allem Überfluss auch noch mit einem Werwolf. Da ich nun annehme, dass wir noch mehr Abenteuer erleben, spreche ich ab jetzt von einer Serie.«

»Aha. Interessant.«

Mufford öffnete nun doch die Tür, und da stand wahrhaftig wieder eine Gestalt im Gegenlicht des Mondes.

»Verflixt, nein!«, schrien die Jungs.

»Na, na, na«, sagte Kennington. »Was heckt ihr zwei schon wieder aus?«

»Du schon wieder! Und ich sollte wohl eher sagen, was du schon wieder ausheckst?«, sagte Mufford.

Kennington lächelte, antwortete aber nicht.

»Wie lang bist du hier rumgeschlichen?«, fragte Sponge.

»Lange genug.«

»Lange genug wozu?«, sagte Mufford.

»Das wüsstest du wohl gern, was?«, grinste Kennington.

»Vielleicht ja, vielleicht nein«, erwiderte Mufford.

Die drei Jungs schauten sich eine beträchtliche Weile lang an.

»Was war das Blitzen und Jaulen?«, sagte Kennington schließlich.

»Das war Sponge«, sagte Mufford.

»Wie bitte?«, sagte Sponge.

»Es ist eine Krankheit. Er spricht nicht gern darüber.«

Kennington musterte Sponge. Sponge errötete und drehte sich weg.

»Egal, wir können hier nicht rumstehen und mit Leuten wie dir dummes Zeug quatschen, Kennington. Ich bin bettreif. Was ist mit dir, Sponge?«

»Ja, ich auch, jetzt, wo du es sagst – ich bin ziemlich fix und fertig.«

»Wenn du noch bleiben willst, bleib nur, Kennington«, sagte Mufford.

»Vielleicht mach ich das«, erwiderte Kennington.

»Gut.«

»Genau.«

Mufford schüttelte den Kopf, Kennington zog hochmütig eine Braue hoch.

»Komm, Sponge. Genug von dem Geseier«, sagte Mufford.

Als die Jungs zurück zur Schule gingen – in ihren Köpfen wimmelte es von Werwölfen, schwebenden Riesenaugäpfeln und ausgestorbenen Lehrern –, waren sie ein wenig überrascht, als sie Newboy müde in der Vorhalle herumlungern sahen.

»Was machst du hier, Newboy?«, fragte Mufford.

»Ich habe Kennington verfolgt. Und wieder verloren.«

»Verloren?«, fragte Sponge.

»Lass gut sein«, sagte Mufford. »Danke, Newboy. Wir glauben, wir sind am Ende unserer Suche angelangt. Bis gleich im Schlafsaal.«

»Prima«, sagte Newboy.

Mufford und Sponge liefen zum alten Friedhof. Der Vollmond leuchtete ihnen von hoch oben auf den Weg. Sie arbeiteten sich zwischen den Grabsteinen hindurch, bis sie den fanden, an dem ihre Suche begonnen hatte.

Verblüfft, verwirrt starrten sie ihn an. Jetzt waren sie

am Anfangspunkt zurück und keinen Millimeter näher an der erfolgreichen Beendigung der Schatzsuche …

Als sie da standen, flatterte Sponge ein Falter vor dem Gesicht herum. Um ihn zu verscheuchen, schlug er mit der Hand danach. Doch der Falter erregte die Aufmerksamkeit einer Fledermaus, und Sponge kreischte auf und sprang mit genau der Behändigkeit, die ihm Mufford im Bebenden Turm bescheinigt hatte, auf die andere Seite des Grabsteins.

Der relativ spärlich überwachsene Grabstein war im Mondlicht recht gut zu sehen. Zwischen den Blättern der paar Efeuranken war etwas eingeschrieben. Sponge

zog die Ranken beiseite, und da bot sich ihm ein erstaunlicher Anblick.

»Mufford, hier ist eine Landkarte«, rief er.

»Was?«, fragte Mufford.

Mufford kam um den Grabstein herum zu seinem Freund auf der anderen Seite. Und siehe da, sie erblickten eine kleine Karte der Parkanlagen direkt vor der Westseite von Modermoor Castle. Es war sogar eine Maßstabsleiste darauf und ein sehr deutliches Kreuz.

»Meinst du, die Karte war die ganze Zeit hier?«, überlegte Mufford. »Und den Hinweisen zu folgen war nur reine Zeitverschwendung?«

»Sieht so aus«, sagte Sponge und entfernte ein wenig Unkraut vom Fuß des Grabsteins. »Aber siehst du? Hier heißt es sogar: ›Oder, wenn die Zeit knapp wird, siehe Rückseite.‹«

Mufford grummelte.

»Greenbeard piesackt einen ganz schön, findest du nicht?«

»Ich wollte es nicht sagen, da er ja ein Verwandter von dir ist und so. Aber ja. Ein bisschen.«

Mufford seufzte.

Die Jungs prägten sich die Karte ein und machten

sich zu der Stelle auf, die mit dem Kreuz markiert war. Sie bemaßen ihre Schritte genau nach den Entfernungsangaben auf der Karte. Nach ein paar Minuten erkannten sie fassungslos, an welcher Stelle sie angekommen waren.

»Aber wie …?«, sagte Sponge stirnrunzelnd.

»Ich weiß nicht«, sagte Mufford verblüfft.

Es war genau die Stelle, an der Flintlock Mr Particle begraben hatte, bevor er ihn wieder ausgebuddelt und auf dem Lehrerfriedhof bestattet hatte.

»Wenn hier ein Schatz liegen würde, hätte ihn Flintlock längst gefunden«, meinte Sponge. »Er hat schließlich zweimal hier gegraben. Hier kann also nichts gewesen sein.«

»Stimmt. Trotzdem behauptet Greenbeard, dass der Schatz genau hier begraben wäre. Vielleicht ist er ja schon vor Jahren gefunden worden. Oder ist das alles nur ein schrecklicher Witz?«

Die Jungs konnten den Blick von dem Fleckchen Erde gar nicht abwenden, aber es gab eigentlich nichts mehr zu sagen. Plötzlich waren sie nach den Strapazen des Tages hundemüde.

»Was machen wir jetzt, Mufford? Sie sind doch alle auf uns angewiesen.«

»Ich weiß, jetzt sind wir den Piraten auf Gnade oder Ungnade ausgeliefert.«

»Ja, und sind Piraten traditionell nicht eher ungnädig?«

»Komm, wir schlafen drüber, Sponge. Wir haben unseren Teil der Abmachung eingehalten. Wir haben die Rätsel gelöst und den Ort des vergrabenen Schatzes gefunden. Jetzt müssen wir nur überlegen, wie wir es anstellen, dass der Piratendirektor nichts davon erfährt, während wir einen neuen Plan fassen.«

Da hörten sie über ihren Köpfen ein ersticktes Krächzen und sahen, als sie sich umdrehten, Captain Cutlass wegfliegen. Ein leuchtend grüner Blitz in der Nacht.

»Mist«, sagte Mufford.

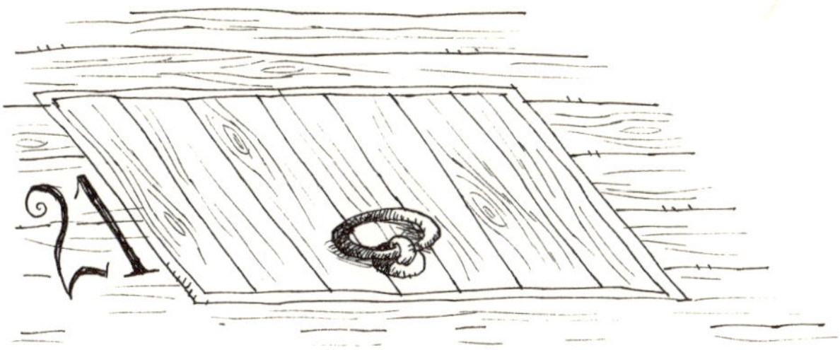

21

Eine Falltür *unter dem Teppich*

Mufford und Sponge träumten die ganze Nacht von Physiklehrergespenstern, Werwölfen, schwebenden Riesenaugäpfeln und doppelten und dreifachen Kenningtons.

Weil er so erschöpft war, hatte Mufford Angst gehabt, er würde verschlafen, aber die Sorgen hätte er sich sparen können, denn seine hilfreichen Schulkameraden schüttelten ihn beim ersten Anbrechen der Morgendämmerung wach und beugten sich bedrohlich über ihn.

»Du hast keine Zeit zum Schlafen«, sagte Enderpenny.

»Wir wollten ja gerade aufstehen, stimmt das nicht, Sponge? … Sponge? Sponge?«

Sponge schnarchte weiter, bis Furthermore ihn am Ohrläppchen zog.

»Autsch! Was?«, rief Sponge und schaute sich noch völlig verdöst um.

»Er würde den Schatz wahrscheinlich eher finden, wenn er schläft«, sagte Kennington.

»Und warum verfolgst du uns dann die ganze Zeit?«, fragte Mufford.

»Nicht schon wieder«, stöhnte Kennington. »Warum um alles in der Welt sollte ich euch verfolgen?«

»Weil du selbst den Schatz finden und behalten willst«, rief Sponge.

»Was?«, fragte Kennington.

»Sag's den anderen, Newboy«, sagte Mufford. »Wartet – wo ist Newboy?«

Die Jungs schauten sich im Zimmer um, aber Newboy war nirgendwo zu sehen.

»Ich habe ihn, seit er sich heute früh rausgeschlichen hat, nicht mehr gesehen«, sagte Kennington.

»Na, mit Schleichen kennst du dich ja aus«, sagte Mufford.

»Gut, dann glaub mir eins: Er *ist* geschlichen«, sagte Kennington.

»Wen interessiert schon Newboy? Habt ihr das Versteck des Schatzes gefunden?«, fragte Furthermore.

»Mehr oder weniger«, sagte Mufford.

»Mehr oder weniger? Was soll das heißen?«, fragte Furthermore weiter.

»Ich hab jetzt wirklich keine Zeit, es zu erklären«, erwiderte Mufford. »Komm, Sponge.«

Die beiden achteten nicht mehr auf die Proteste der Jungs, zogen sich an und liefen ins Büro des Piratendirektors. Aber sie waren kaum ein paar Meter durch den Flur gegangen, da kam ihnen Kennington entgegen.

»Morgen, Dumpfbacken«, sagte er.

Mufford und Sponge waren zu baff, um zu antworten. Kennington bummelte weiter und verschwand um eine Ecke außer Sichtweite.

»Aber wie …?«, sagte Mufford. »Vielleicht hat Newboy eine Erklärung – falls wir ihn finden.«

Sponge schaute in die Richtung, in der Kennington verschwunden war.

»Komm mal mit«, sagte Sponge. »Ich muss was nachsehen.«

»Aber, Sponge …«, protestierte Mufford.

Sponge war jedoch fest entschlossen und zog Mufford mit in die Bibliothek, wo die streitbare Miss Musketoon, die Piratenbibliothekarin, noch in der Hängematte über ihrem Schreibtisch schlief.

»Ich hatte recht«, meinte Sponge und schlug das Buch über das Hypnotisieren auf. Nach einem kurzen Blick hinein gab er es Mufford.

»Nicht das nun wieder«, sagte dieser. »Ist es wirklich wichtig?«

»Vielleicht nicht«, antwortete Sponge. »Aber schau dir mal die Liste der Ausleihenden an.«

Mufford gähnte.

»Ja, Kennington. Das wissen wir schon. Ich gebe ja zu, dass er mich hypnotisiert hat, alter –«

»Lies mal, wer das Buch als Letzter ausgeliehen hat«,

unterbrach ihn Sponge. »Wir haben den Namen nicht gesehen, weil er auf dem Blatt ganz hinten steht.«

Mufford fielen fast die Augen aus dem Kopf.

»Newboy!«

»Vielleicht hat Newboy Kennington hypnotisiert. Nein, warte, das erklärt nicht, warum es anscheinend zwei Kenningtons gibt …«

»Du meinst doch nicht …?«, hob Mufford an.

»Ich meine nicht, was?«

»Dass Kennington irgendwie die Zeitmaschine in die Hände gekriegt hat? Und deshalb doppelt herumläuft?«

»Nein, bloß nicht!«, schrie Sponge.

Es war zu schrecklich, um es sich überhaupt nur vorzustellen.

»Hoffentlich, hoffentlich gibt es eine andere Erklärung. Was im Grunde aber keine Rolle spielt. Wir haben den Schatz nicht gefunden, und die Piraten dürfen mit uns und der Schule tun, was sie wollen. Komm, Sponge, jetzt müssen wir die Suppe auslöffeln, äh, uns den Konsequenzen stellen.«

Die Jungs machten sich wieder auf zum Büro des Direktors.

»Was ist das für ein Geräusch?«, fragte Sponge, als sie an der Aula vorbeigingen.

»Was für ein Geräusch?«, sagte Mufford.

»Das Geräusch! Das dumpfe Rumsen, von dem ich dir schon mal erzählt habe.«

Und wahrhaftig kam schon wieder ein leises, dumpfes Rumsen aus der Aula. Sie öffneten die Tür und gingen hinein. Hier war das Geräusch ein wenig lauter zu hören. Es schien aus dem Fußboden zu kommen. Die Jungs schauten sich an.

»Komm, wir nehmen mal den Teppich hoch und schauen nach.«

Sie rollten den Teppich zusammen.

»Nanu!«, sagte Sponge.

In den Boden eingelassen war eine große hölzerne Falltür mit einem mächtigen Metallring als Griff.

»Komm, Sponge«, sagte Mufford. »Hilf mir, die Tür hochzuziehen.«

»Aber wer weiß, was da drunter ist«, gab Sponge zu bedenken.

»Was denn zum Beispiel?«

»Keine Ahnung. Vielleicht lebt hier der schwebende Riesenaugapfel.«

»Der schwebende Riesenaugapfel lebt in der Zukunft, Sponge!«

»Aber wir sind in der Zukunft. Von da aus gerechnet, wo wir ihn zuletzt gesehen haben.«

»Aber noch lange nicht weit genug. Ich bezweifle sowieso, dass er dumpf rumsen kann. Womit denn bitte?«

»Er könnte sich einfach immer gegen das Holz werfen.«

»Ich vermute mal, dann wäre das Geräusch weicher. Und jetzt hilf schon mit und zieh.«

Die Jungs zogen mit aller Kraft.

Nach mehreren Versuchen schafften sie es, die Falltür hochzuhieven, und als sie zu Boden knallte, öffnete sich gähnend vor ihnen ein dunkles Loch.

Sie spähten hinein, sahen aber zunächst nichts. Doch sie hörten was. Ohne den Teppich und bei geöffneter Falltür war das dumpfe Rumsen lauter. Als sich ihre Augen an die Dunkelheit gewöhnt hatten, gewahrten sie eine Holztreppe, die hinunterführte.

»Du zuerst, Sponge«, sagte Mufford.

»Warum ich?«

»Weil du kleiner bist.«

»Was spielt denn das für eine Rolle?«

»Na ja, das sind die Grundlagen der Physik, Sponge.«

»Ach, wirklich?«

»Mit an Sicherheit grenzender Wahrscheinlichkeit.«

Sponge trat zögernd auf die erste Stufe und kletterte dann vorsichtig hinunter. Mufford kam einen Schritt hinter ihm her. Je tiefer sie stiegen, desto dunkler wurde es, und je mehr ihr Mut sank, desto langsamer wurden sie.

Als sie endlich am Fuß der Treppe angelangt waren, schaute Mufford sich um und versuchte, in den undeutlichen Umrissen etwas zu erkennen. Schon stolperte er über etwas, das er mit einem Schreckensschrei als menschliches Bein erkannte.

»Sponge!«, brüllte er.

Sein Freund kam ihm zu Hilfe, fiel aber sofort über etwas, das sich als menschlicher Arm herausstellte.

»Mufford! Ich bin gerade über einen Arm gestolpert!«

»Das ist komisch. Ich bin über ein Bein gestolpert. Du bist aber mehrere Meter entfernt. Wem auch immer die Gliedmaßen gehören, er muss riesig sein. Wenn nicht …«

Jetzt endlich merkten sie, dass um sie herum eine ganze Gruppe Körper saß. Menschen! Sie waren gefesselt und geknebelt und trugen nur Unterwäsche.

»Das sind die Lehrer!«, rief Mufford. »Lauf und hol die anderen Jungs, Sponge!«

Er selbst begann die Gefangenen loszubinden. Sie waren mit dicken Tauen aneinandergebunden, und die Knoten waren schwer zu lösen. Doch dank einer Knotenknüpf-Vorführung in Miss Mizzenmasts Schulstunde, die sich jetzt als sehr nützlich erwies, waren die Lehrer nach wenigen Minuten frei.

»Habt ihr nicht gehört, wie ich gerumst habe?«, fragte Mr Luckless, dessen Kopf eine eindrucksvolle Ansammlung von Beulen und blauen Flecken zierte. Schließlich war er mit ebendiesem Kopf immer gegen ein Heizungsrohr gestoßen, um Aufmerksamkeit zu erregen.

»Sponge dachte, Sie wären ein Gespenst«, erwiderte Mufford und zeigte auf seinen Freund, als der und die anderen Jungs die Treppe hinunter in den Keller getrampelt kamen.

»Aber wenigstens habe ich es gehört«, sagte Sponge völlig außer Atem. »Manchmal frage ich mich nämlich, ob *du* nicht ein bisschen taub bist, Mufford.«

»Taub? Ich? Ich höre perfekt. Ich kann ein –«

»Wenn ich euch unterbrechen darf«, sagte der Direktor und stand auf. »Wir danken euch für eure Hilfe, aber wir müssen diesen Barbaren die Herrschaft über die Schule entreißen.«

Mufford und Sponge stellten überrascht fest, dass der Direktor in Unterwäsche längst nicht so mächtig wie sonst wirkte.

Die anderen Gefangenen reckten und streckten sich. Flintlock sah in seinen geflickten langen Unterhosen und einem schlabbrigen Unterhemd besonders mordlüstern – und lächerlich aus. Miss Bleu sprach für alle.

»Wo 'alten sisch diese dräckigen Piraten auf?«, empörte sie sich. »Was 'aben diese Monstär gemacht? 'Aben sie eusch ein Leid getan?«

»Nein«, sagte Bottleneck. »Es war sogar ganz aufschlussreich, was sie gesagt haben. Arrr.«

»Bestimmt haben sie ein wildes Zechgelage gefeiert«, sagte Mr Luckless missbilligend.

»Nein, zum Klabautermann!«, sagte Enderpenny. »Miss Nevermiss sagt, das ist ein ziemlich beleidigendes Zerrbild des Piratenlebens, und Piraten sind ganz sensible Burschen, wenn man sich mal die Zeit nimmt, sie näher kennenzulernen.«

»Was?«, sagte der Direktor. »Was redest du da? Miss Nevermiss? Sensible Piraten? Was ist das für ein Unsinn? Was ist mit der Schule? Haben sie schlimm gehaust?«

»Der Piratendirektor hat hier und dort Rampen anbringen lassen, arrr«, sagte Furthermore. »Er ist überrascht, dass Behinderte nicht überall in der Schule ungehinderten Zugang haben. Das heißt, er hat sogar gesagt: ›Arrr, das wär ein schändlicher Skandal.‹«

»Ach, wirklich?«, sagte der Direktor und fragte dann in die Runde: »Stimmt das?«

»Ehrlich gesagt«, meldete sich Mr Scurry, der Hausmeister, zu Wort, »habe ich das schon bei der letzten Konferenz zur Sprache gebracht. In meiner letzten Schule war der Zugang sehr viel ungehinderter für –«

»Das tut jetzt nichts zur Sache«, unterbrach der Direktor ihn. »Ich lasse nicht zu, dass so ein dahergelaufener Pirat meinen Platz einnimmt. Was genau haben sie getrieben?«

Mufford und Sponge schauten sich an.

»Eigentlich ... haben sie ... unterrichtet«, sagte Mufford.

Helle Empörung, alle Lehrer machten so zornige Gesichter, dass die Jungs diesen Anblick ihr Leben lang nicht vergessen würden.

»Unterrichtet?«, sagten die Lehrer.

»Ay, ay«, erwiderten die Schüler.

»Da haben sie eine Grenze überschritten«, sagte der

Direktor mit stahlhartem Glitzern in den Augen. »Her zu mir, Kollegen! Zeigen wir den Piraten, mit wem sie es zu tun haben. Auf in den Kampf! Für Modermoor Castle!«

»Für Modermoor Castle!«, riefen alle.

Aus Liebe zu Büchern

Die Jungen folgten den Erwachsenen, die aus dem Keller die Treppe hinaufstürmten. Der Direktor führte die wilde Schar zu seinem Büro, aber dort war niemand.

Miss Picky sagte ihm, er habe noch eine Robe im Schrank, doch er behauptete, dafür sei jetzt keine Zeit. Als sie trotzdem die Schranktüren öffnete, schrie sie laut auf.

Der Schrank war voller nicht gebrauchter Kleidung der Piraten – und voller Waffen. Woraufhin die ehemaligen Gefangenen grinsten und sich binnen Sekunden verkleidet und bewaffnet hatten.

Mufford und Sponge sahen nicht ein, warum sie außen vor bleiben sollten, und begannen ebenfalls, sich in Schale zu werfen und bis an die Zähne zu bewaffnen. Mufford fand einen Dreispitz, eine Schärpe und ein

Entermesser, Sponge nahm einen breitkrempigen Hut und ein Paar Pistolen.

»Immer noch keine Spur von Newboy?«, fragte Mufford Sponge.

»Nein, er ist offenbar verschwunden.«

Als die Lehrer und anderen Angestellten aus der Schule traten, stritten sich die Piraten draußen darüber, was sie als Nächstes tun sollten. Blitzschnell stürzten sich die Lehrer auf sie, doch gerade als der Angriff richtig ins Rollen kam, preschte eine lange pechschwarze Kutsche die Schuleinfahrt hinauf. Sie wurde von nachtschwarzen Pferden gezogen, die hohen Federschmuck auf den Köpfen trugen.

Der Kutscher zog die Zügel an, die Kutsche fuhr, überall den Kies vom Weg verspritzend, an den Rand der Einfahrt und blieb kreischend stehen, vom Rücken der Pferde stieg Dampf auf. In Gold stand auf den Seiten der Kutsche: »Der Schulbeirat«.

Der Kutscher, der ein schwarzes Cape, einen Zylinder und eine dunkle Brille trug, schlug mit dem Stock an das Gefährt, die Kutschentür schwang auf, und heraus traten zwölf Männer und Frauen, alle von Kopf bis Fuß schwarzgekleidet.

Der größte Mann trat vor, über der Brust eine pur-

purrote Schärpe. An der Hüfte schwang ein Säbel in einer Schlangenhautscheide.

»Ich«, schrie er, »bin Sir Brashly Bugle, der Beiratsvorsitzende. Was zum Teufel ist hier los?«

Die übrigen Beiräte hatten sich hinter ihm gruppiert, schauten heldenhaft hierhin und dorthin und waren mit Schwertern und Pistolen und den stachligen Dingern bewaffnet, die Ritter manchmal hatten und die ein bisschen aussehen wie Metallkastanien.

»Zurück!«, schrie der Direktor und schwang sein Entermesser. »Das hier ist was Persönliches.«

Seine Mitarbeiter suchten sich nun jeweils den Piraten aus, der ihren Platz in der Schule eingenommen hatte, und griffen an. Pastor Brimstones Gefecht mit Prediger Sid war besonders hitzig, und schon nach wenigen Minuten flehte der Prediger um Gnade.

Die Jungs lieferten moralische Unterstützung aus sicherer Entfernung. Mufford und Sponge staunten, wie brutal und geschickt die Piraten bald schon mit vorgehaltenen Klingen zu einer murrenden Gruppe in der Mitte des Innenhofs zusammengetrieben worden waren. Captain Cutlass kreischte ärgerlich.

»Arrr!«, sagte der Piratendirektor zum Direktor. »Ihr habt Schneid! Das muss ich euch lassen. Unter anderen Bedingungen würd ich gern mit euch zur See fahren.«

»Das wird wohl eher nicht passieren«, sagte der Direktor stolz. »Wir sind Lehrer, Sir! Einen edleren Beruf gibt es nicht. Es ist eine Berufung. Wir sind keine Diebe! Eher sind wir Hüter. Wir sind Bewahrer des Schatzes, der Erziehung und Bildung heißt!«

»Miss Bronteen«, flüsterte Sponge der Englischlehrerin zu.

»Psst«, sagte Miss Bronteen. »Der Direktor spricht.«

»Es ist aber wichtig«, sagte Sponge. »Der Pirat, der Crow's-Nest-Jake heißt, ist niemand anderes als Ihr lange verschollener Liebster, von dem Sie uns im Unterricht erzählt haben.«

Als Miss Bronteen sich zu den Jungen umdrehte, nickte Mufford bestätigend, und Miss Bronteens Stirnrunzeln verwandelte sich in ein Lächeln, als sie sah, dass ihre Schüler sich keinen Scherz mit ihr erlaubten. Sie schaute zu der Piratengruppe hinüber.

»Kann das wahr sein?«, überlegte sie. »In all den vielen Jahren habe ich nie die Hoffnung aufgegeben, dass ich ihn einmal wiedersehe, wie er mit langen Schritten durch den Niesel schreitet.«

Der Direktor war noch mitten in seiner Rede über das Wunder des Lehrerdaseins, da wurde er von einem Schrei unterbrochen, der aus tiefstem Herzen kam.

»Halt!«, schrie Miss Bronteen.

Und als sich der Direktor, die Lehrer, die Piraten, der Beiratsvorsitzende, die Beiräte und die Schuljungen umdrehten, sahen sie, wie Miss Bronteen mit einem bis dahin nie gesehenen Ausdruck der Verzückung auf dem Gesicht auf die Piraten zuging.

Jake sah, wie sie näher kam, und ihre Blicke begegneten sich, wie sie das vor unvordenklichen Zeiten auf den windumtosten Mooren so oft getan haben mussten. Alle hielten den Atem an.

»Mein Liebster!«, rief Miss Bronteen.

»Arrr. Mein Herz!«, rief Crow's-Nest-Jake. »Ist das wirklich und wahrhaftig wahr? Bist du es?«

»Ja. Ich bin's.«

»Miss Bronteen«, sagte der Direktor. »Ich halte es für völlig unangemessen –«

»Klappe, Landratte!«, rief Miss Bronteen. »Bald fahr ich über die sieben Weltmeere. Ho ruck!, ihr Seebären!«

Und mit diesem lebhaften Ausruf warf sie sich ihrem Geliebten um den Hals, und es regnete Küsse überallhin.

»Ach, meine Liebste«, sagte Crow's-Nest-Jake. »Ho ruck. Von diesem Tag habe ich immer geträumt.«

»Auch ich habe von diesem Tag geträumt«, rief Miss Bronteen. »Fast jeden Tag von diesem Tag!«

»Arrr. Dann segelst du mit mir bis ans Ende der Welt?«

»Nichts lieber als das!«

Weiter wurde geküsst und geherzt. Die Umstehenden betrachteten konzentriert die Grashalme am Boden.

»Ich muss nur schnell losflitzen und meine Bücher

holen. Dann Schiff ahoi!«, sagte Miss Bronteen. »Bin gleich zurück!«

»Bücher?«, schrie Crow's-Nest-Jake, und seine Mitpiraten grummelten heftigst. »Bücher? An Bord unseres Schiffes kommen keine Bücher.«

»Keine Bücher«, sagte Miss Bronteen. »Wie meinst du das?«

»Bücher bedeuten Pech«, sagte der Pirat. »Das weiß jeder.«

»Nicht jeder«, sagte Miss Bronteen. »Ich zum Beispiel nicht.«

»Arrr. So wahr ich hier stehe, so wahr ist es«, sagte der Piratendirektor. »Stimmt das nicht, meine Blaujacken?«

»Arrr!«, schrie die Mannschaft.

»Aber ich liebe Bücher«, sagte Miss Bronteen.

»Jetzt hast du doch mich«, rief der Pirat und streckte die Hand aus. »Reicht dir das nicht?«

Miss Bronteen schaute ihn sehr lange an.

Dann machte sie mit den Worten »Ehrlich gesagt, nein« auf dem Absatz kehrt und ging davon.

Da wurde Sponge von seinen Gefühlen überwältigt, und er feuerte versehentlich seine beiden Pistolen ab. Dabei schoss er Captain Cutlass ein Loch in eine

Schwanzfeder, kippte selbst von dem Rückstoß um und riss Mufford mit. Sie fielen ins Gesträuch. Als Mufford wieder auftauchte und stöhnend herumtaumelte, hatte er den Mund voll Grünzeugs und sah aus, als hätte er einen großen, buschigen Bart.

»Arrr!«, schrie der Piratenkapitän entsetzt. »Greenbeard ist aus seinem nassen Grab auferstanden.«

Die Piraten starrten Mufford alle mit weit aufgerissenen Augen an, drehten sich um, rannten wie ein Wirbelwind und außer sich vor wilder Panik die Einfahrt

hinunter. Mufford spuckte das Blattzeug aus und grinste. Sponge klopfte ihm auf den Rücken.

»Gut gemacht, Mufford«, sagte er.

»Danke, Kumpel«, sagte Mufford.

Dressierte Affen

Der Beiratsvorsitzende marschierte auf den Direktor zu, der sofort kampfeslustig sein Entermesser hob. Die Lehrer stellten sich ihm zur Seite.

Die Beiräte reihten sich ihnen gegenüber auf. Sir Brashly lächelte und hielt die Hände hoch.

»Rührt euch, Soldaten!«, sagte der Beiratsvorsitzende.

Recht widerstrebend senkten die Lehrer die Waffen, betrachteten aber die Beiräte immer noch voller Argwohn.

»Ich bin beeindruckt, Sir«, schnarrte Sir Brashly. »Außerordentlich beeindruckt.«

»Wirklich?«, sagte der Direktor stolz. »Ich dachte, Sie fänden, unsere Schule sei nur was für Waschlappen.«

»Offenbar hatte ich damit unrecht, Mann!«, sagte Sir

Brashly. »Und wirklich, wenn ich ein paar von Ihren Männern in meinen Bataillonen gehabt hätte, wäre unser Britisches Weltreich zweimal so groß. Der junge Franzmann ist furchterregend.«

»Das ist Miss Bleu, unsere Französischlehrerin.«

»Herrje! Selten gesehn so was, Direktor. Habe Sie und Ihre Schule wohl unterschätzt.«

»Danke, Sir«, sagte der Direktor.

»Und verdammt gute Idee hier mit den dressierten Affen. Das Gleiche habe ich bei der Belagerung von Mohair versucht, aber die kleinen Racker sind getürmt.«

»Dressierte Affen, Sir?«, fragte der Direktor verwundert.

Der Beiratsvorsitzende zeigte auf Mufford, Sponge und ihre Mitschüler.

»Dort, Mann. Sind Sie blind?«

»Das sind Schüler dieser Schule, Sir.«

»Sie verschwenden Ihre Zeit. Ich habe einmal versucht, Affen die Grundlagen der Geometrie beizubringen. Aber sie konnten nicht stillsitzen.«

»Gut, das Problem haben wir auch, Sir.«

»Nun denn, ich spreche sicher auch für die anderen Beiratsmitglieder, wenn ich zu dem Urteil komme, dass eine Schule, die in der Lage ist, einen Angriff von Piraten abzuwehren, nicht viel falsch macht. Ich werde nicht derjenige sein, der sie schließt, Sir.«

Tränen glitzerten in den Augen des Direktors.

»Aber das Problem mit dem Geld für die umfangreichen Reparaturarbeiten besteht natürlich weiterhin, Sir Brashly. Ich muss Ihnen leider mitteilen, dass –«

»Ja, ja!« Sir Brashly wedelte die Worte des Direktors weg. »Natürlich, selbstverständlich. Wir treiben das nötige Geld schon auf. Ich bin berühmt, reich und alarmierend ungestüm. Morgen haben Sie das Geld. Und jetzt lassen wir Sie besser ungestört Ihrer Arbeit nachgehen. Ich glaube, wir haben alles Notwendige gesehen.«

Mufford und Sponge wollten gehen, da nahm der Direktor ihnen die Waffen und die Piratenkleidung ab.

»Ist wohl besser so«, sagte er.

Mufford und Sponge nickten. Sie hatten selbst schon gemerkt, dass sie niemals Waffennarren würden. Waffen waren nämlich nicht nur beängstigend gefährlich, sondern auch überraschend schwer.

Kennington machte sich an sie heran.

»Hört mal«, sagte er. »Ich bin euch wirklich nicht gefolgt. Ich schwöre es.«

»Aber wir haben dich ständig gesehen! Mit unseren eigenen Augen«, sagte Sponge.

»Das ist mir auch unerklärlich. Ich sage die Wahrheit. Hoch und heilig. Wer immer eure Pläne, den Schatz zu finden, durchkreuzen wollte – ich war es nicht. Das wollte ich nur klarstellen, bevor ich mich nach Südfrankreich verabschiede.«

Das hörte Mrs Kennington und kam herüber, um mit ihrem Sohn zu sprechen.

»Ach, herrje, ich weiß, du wolltest unbedingt ins Internat Le Petit Prince, aber jetzt bin ich mir nicht mehr so sicher, ob dir das Mittelmeerklima bekommt. Sir Brashly Bugle hat mich ohnehin davon überzeugt, dass ich dich in eine anspruchsvollere Anstalt schicken sollte.«

»Wohin?«

»Zur Militärakademie Musketenkugel in Basingstoke.«

»Basingstoke?«, sagte Kennington, den Tränen nahe. »Basingstoke? Da kann ich nicht hingehen. Und da werde ich auch nicht hingehen. Basingstoke? Niemals!«

»Sei still!«, sagte Mrs Kennington und schaute sich um. »Du machst eine Szene. Ich sehe nicht, wo das

Problem liegt. Du fühlst dich dort bestimmt pudelwohl.«

»Mrs Kennington, nehme ich an«, mischte sich Sponge ein.

»Ja, gewiss«, erwiderte sie. »Kennen wir uns?«

»Wir sind Freunde Ihres Sohnes«, sagte Mufford.

Kennington starrte die Jungs verblüfft an.

»Oh! Willst du mich nicht mit deinen Freunden bekannt machen, Ambrose?«, sagte seine Mutter.

»Freunde?« Kennington schaute sich suchend um.

»Arthur Mufford.« Mufford trat vor und streckte die Hand aus. »Von den Muffords aus Berkshire. Entzückt, Sie kennenzulernen, meine Dame.«

»Algernon Spongely-Partwork«, sagte Sponge.

»Was für reizende junge Männer«, sagte Mrs Kennington. »Was habt ihr für ein Glück, dass ihr eine Schule mit solch bewundernswerten Vorbildern besucht. Es würde dir gar nicht schaden, wenn du ein bisschen mehr wie sie würdest, Amby-Wamby.«

»Aber Mumsy –«

»Scht! Mutter unterhält sich.«

»Wir wollten nur sagen, wie sehr wir es bedauern würden, wenn Ambrose die Schule verließe.« Mufford zupfte sich verstohlen ein Nasenhaar aus, und sofort flossen die Tränen in Strömen. Furthermore, Bottleneck, Enderpenny und Filbert kamen herbei, um zu sehen, was los war.

Mrs Kennington war ihrerseits zu Tränen gerührt.

»Oje«, sagte sie. »Schau, wie diese armen Schätzchen reagieren, wenn nur von deinem eventuellen Weggang die Rede ist. Warum tust du immer so, als seist du einsam, wenn du derart geliebt wirst?«

»Ich, äh, ich weiß nicht, Mutter.«

»Also, ich werde dich nicht einfach den Armen deiner Kameraden entreißen«, sagte sie. »Nein, auf keinen Fall. Es wäre zu grausam. Du musst hierbleiben, und dann will ich kein Wort mehr zu dieser Sache hören.«

Mrs Kennington begab sich zu den anderen Beiräten zurück, Kennington, Mufford und Sponge sahen ihr nach.

»Deine Mutter wirkt sehr nett«, sagte Mufford. »Für eine Erziehungsberechtigte.«

»Ich fass es nicht, dass ich jetzt in diesem trostlosen Dreckloch bleiben muss«, sagte Kennington.

»Mit uns reizenden jungen Männern zusammen, meinst du wohl, Amby-Wamby«, säuselte Sponge.

Kennington verdrehte die Augen und zog von dannen. Doch sie sahen, wie ein Lächeln auf seinem Gesicht spielte.

»Ich glaube, Kennington war gar nicht so erpicht darauf, woanders hinzugehen, wie er tat«, sagte Mufford.

»Ich weiß«, sagte Sponge. »Zumindest nicht in eine Schule, wo man um sechs Uhr morgens auf und ab marschieren muss.«

In einer Wolke von Kies und Staub brausten die Beiratsmitglieder in ihrer Kutsche davon.

Kennington wird demaskiert

Die Jungs hatten den Rest des Tages frei, und die Lehrer nahmen ihre Schule wieder in Besitz. Mufford und Sponge suchten überall nach Newboy, fanden ihn aber nirgends.

»Na, dann ist wohl ein weiteres Abenteuer beendet«, sagte Mufford.

»Kann sein. Aber ein bisschen komisch ist es doch, findest du nicht?«, sagte Sponge.

»Was ist komisch?«

»Dass Greenbeards Schatz genau an dem Ort gelegen hat, an dem Flintlock Mr Particle zum ersten Mal begraben hat.«

»Ja«, sagte Mufford und strich sich übers Kinn. »Stimmt, jetzt, da du es erwähnst, meine ich das auch.«

»Aber irgendwie ist es noch nicht schlüssig. Es sei denn, der Schatz war schon lange vorher gestohlen.«

»Moment mal. Etwas haben sie gefunden. Nämlich die Büste von dir, Sponge.«

»Ja, natürlich.«

Die Jungs gingen zur Eingangshalle, wo die römische Büste von Sponge auf ihrem Holzsockel stand. Sponge lächelte wie stets, wenn er sich an seinen Ausflug in die Zeiten der Römer und an seinen Moment als Held erinnerte. Mufford ging hin und her und betrachtete die Büste.

»Das passt aber immer noch nicht zusammen«, sagte Mufford. »Der Schatz der Goldenen Totenkopf besteht angeblich aus Juwelen. Was hat dann um alles in der Welt diese Büste damit zu tun?«

Mufford ruderte vor lauter Enttäuschung mit den Armen und traf mit einem seiner rudernden Arme leider die Büste.

Mit fatalen Folgen.

Die Büste geriet ins Wanken, und obwohl es erst so aussah, als ruckele sie sich wieder zurecht, wackelte sie dann doch so heftig, dass sie von ihrem Sockel auf die grauen Bodenplatten stürzte und in tausend Stücke zersprang.

»Meine Büste!«, schrie Sponge, den Tränen nahe. »Meine Büste!«

»Sponge, schau hin!«, rief Mufford und zeigte auf die Scherben zu ihren Füßen.

»Das kann ich nicht! Es ist zu schrecklich, Mufford!«

»Doch – schau hin!«

Sponge öffnete die Augen. Unter den Marmorstücken lagen Dutzende und Aberdutzende glitzernder Edelsteine, und manche waren wirklich sehr groß.

»Das ist der Schatz!«, rief Mufford.

»In der Tat!«, rief der Direktor, der sich urplötzlich mit einem gierigen Lächeln über ihnen aufgebaut hatte. »Ausgezeichnet. Miss Picky, sagen Sie Mr Scurry, er soll mit Handfeger, Kehrblech und einem Behälter kommen, in dem wir die kostbaren Steine unterbringen können.«

»Greenbeard muss meinen Kopf ausgehöhlt und die Juwelen darin versteckt haben«, sagte Sponge. »Vielleicht war die Büste ja schon Jahre vorher ausgegraben worden, Mufford. Von Lord Mandragora oder so jemandem. Vielleicht war sie schon vorher irgendwo im Haus.«

»Darüber kann man nur spekulieren«, sagte der Direktor. »Wichtig ist einzig, dass die Juwelen jetzt, wo die Piraten weg sind, der Schule gehören.«

Mr Scurry kam, pickte die Juwelen aus den vielen Scherben heraus und legte sie sorgsam in einen Samtbeutel.

»Ich frage mich«, gab Mufford zu bedenken und räusperte sich, »ob der Schatz nicht doch mir gehört. Schließlich bin ich ein Nachfahre Greenbeards.«

Der Direktor lächelte nachsichtig auf ihn hinab.

»Hmm«, sagte er und klopfte seine Fingerspitzen

gegeneinander. »Ein nicht uninteressanter Punkt, Master Mufford. Obwohl ich mich frage, ob dein Vater nicht den größeren Anspruch hat.«

»Hm …«, sagte Mufford.

»Und dann gibt es natürlich das Problem, dass diese Edelsteine ihren rechtmäßigen Besitzern gestohlen worden sind. Vielleicht sollten wir ihre Nachfahren suchen und sie fragen, ob sie damit einverstanden sind, dass du die Juwelen von dem Dieb erbst, der sie gestohlen hat.«

»Ist das Ihr Ernst, Sir?«, sagte Sponge. »Sie wollen die wahren Besitzer suchen?«

Der Direktor schnaubte ein wenig verächtlich und zog seine Krawatte glatt.

»Nein, Master Spongely-Partwork«, sagte er. »Ich werde sie verkaufen und mit dem Geld die Schuhe … äh, ich meine, die Schule renovieren lassen.«

»Aber –«, begann Mufford.

»Kein Aber mehr«, sagte der Direktor. »Ab ins Bett. Ihr habt einen anstrengenden Tag hinter euch.«

»Es ist halb drei nachmittags«, erwiderte Mufford.

Darauf antwortete der Direktor nichts, sondern verzog das Gesicht nur zu seinem grässlichen Lächeln, bis die Jungs schließlich davontrabten. Im Kreuzgang blieben sie stehen.

»Naa ja«, seufzte Mufford. »Es sieht ganz so aus, als ob das Ganze nun allen Widrigkeiten zum Trotz geregelt wäre – außer, dass deine Büste kaputtgegangen ist, Sponge.«

Sponge behagte es nicht, aber er musste zustimmen. Die Schule war wieder einmal gerettet worden. Da hörten sie, wie der Direktor nach Mr Scurry rief. Und dann noch einmal rief.

Mr Scurry lief aber gerade im Eiltempo mit dem Samtbeutel vorbei, mit dem sie ihn vorher gesehen hatten. »Mr Scurry«, sagte Sponge. »Ich glaube, der Direktor –«

Mr Scurry flitzte weiter, ohne zu antworten.

»Wie unhöflich«, sagte Sponge.

Da fiel Mufford auf, dass ein anderer Mr Scurry mit einer Schubkarre über den Hof ging.

»Sponge!«, rief er. »Du weißt ja noch, dass es zwei Kenningtons gab. Jetzt scheint es auch zwei Mr Scurrys zu geben. Und ich glaube, einer macht sich gerade mit den Juwelen aus dem Staube.«

»Welcher?«

»Natürlich der mit dem Samtbeutel. Komm!«

Sponge rannte hinter Mufford her, und als sie um die Ecke bogen, sahen sie, wie Mr Scurry sich in einen leeren Klassenraum flüchtete. Vor der Tür hielten sie einen Moment inne, dann stürzten sie hinein.

»Halt!«, schrie Mufford.

Zu ihrem Erstaunen sahen sie, dass Mr Scurry die funkelnden Steine aus dem Samtbeutel geschüttet hatte und begutachtete.

»Dieb!«, rief Mufford.

»Mr Scurry, wie können Sie nur …?«, rief Sponge.

Mr Scurry drehte sich zu ihnen um und schaute sie, die Hände in die Hüften gestemmt, hochmütig und voller Verachtung an.

»Ha!«, sagte er. »Ihr Dummköpfe! Ich bin überhaupt nicht Mr Scurry!«

Und mit diesen Worten zog er sich eine Maske vom Gesicht und warf sie zu Boden.

»Kennington!«, schrien Mufford und Sponge.

»Der höchstpersönlich!«, rief Kennington.

»Du Scheusal!«, rief Sponge.

»Wir haben dich gerade davor bewahrt, dass du in einer Militärakademie weggeschlossen wirst.«

»Damit kommst du nie durch, Kennington!«, rief Mufford.

»Womit komme ich nicht durch?«, ertönte eine Stimme hinter ihnen.

Und als Mufford und Sponge sich umdrehten, kam ihnen noch ein Kennington durch die Tür entgegengelaufen.

»Was? Wie? Wer? Was?«, blubberte Sponge.

»Zwei Kenningtons?«, sagte Mufford. »Was ist das für ein Wahnsinn?«

»Der da vorn bin ich nicht!«, rief der zuletzt hinzugekommene Kennington. »Ich bin ich!«

»Das kannst du leicht sagen!«, erwiderte Mufford.

»Doch, doch! Das ist ein Betrüger! Schaut doch sein Haar an. Lächerlich!«, rief Kennington.

Sie drehten sich nun alle zu dem anderen Kennington um, der die Juwelen zurück in den Beutel getan hatte.

»Ha! Ihr Dummköpfe!«, schrie er. »Ich bin überhaupt nicht Kennington!«

Er zog die Maske vom Gesicht und warf sie weg.

»Newboy!«, riefen Mufford und Sponge.

»Also warst du unser ständiger Verfolger«, sagte Mufford.

»Ja«, sagte Newboy. »Ich habe euch dazu gebracht, dass ihr mich bis zu dem Schatz geführt habt.«

»Ich wusste, dass du Böses im Schilde führtest«, sagte Mufford.

»Nein, das hast du nicht gemerkt, Mufford. *Ich* habe es gemerkt«, sagte Sponge.

»Ich hatte aber den starken Verdacht.«

»Ach, wirklich! Du hast aber nie was gesagt.«

»Ich hatte eine leise Ahnung, Sponge. Eher eine heftige Ahnung.«

»Ähem ... Newboy haut ab«, rief Kennington.

»Folgen wir ihm, Sponge! Und du, Kennington, gehst zum Direktor und sagst ihm, du wärst – ich meine, Newboy wäre – mit den Juwelen abgehaun.«

»Wie? Was? Warum ...? Na, gut.«

Kennington rannte zum Direktor, und Sponge und Mufford rannten hinter Newboy her.

Ballon

Als Mufford und Sponge draußen ankamen, fehlte von Newboy jede Spur.

»Wohin ist er uns bloß entschlüpft?«, sagte Sponge.

»Er ist einfach gerissen, Sponge«, sagte Mufford. »Aber wir werden ihn schon finden. Oder ich will nicht mehr Arthur Mufford heißen.«

»Ich glaube, Newboy hat uns die ganze Zeit getäuscht.«

»Du sagst es. Wenn man bedenkt, dass du ihn zu deinem zweitbesten Freund machen wolltest.«

»Du auch.«

»Hm, na ja, aber nicht ganz so begeistert wie du.«

»Trotzdem –«

»Hör zu, ich glaube, wir finden ihn nicht, wenn wir uns weiter streiten. Vergessen wir's, Sponge.«

Sponge schaute Mufford böse an, sah aber, dass sich hinter seinem Freund etwas bewegte.

»Da!«, schrie er.

Und tatsächlich versteckte sich Newboy hinter einer Buchsbaumhecke. Mit großen Schritten ging Mufford hin und stellte ihn.

»Gib auf, Newboy!«, rief Sponge.

»Ha!«, schrie Newboy. »Ihr Dummköpfe! Ich bin überhaupt nicht Newboy.«

Mit diesen Worten griff er an eine Stelle hinter seinem Ohr und zog wahrhaftig noch eine Maske herunter.

Und dem Jungen, den sie bisher als Newboy gekannt hatten, fielen lange braune Locken über die Schultern. Es war ein Mädchen!

»Ich bin niemand anderes als Felicity Fallowfield, Erzschurke und Meister des Verkleidens.«

»Sollte das nicht Schurkin und Verkleidungskünstlerin heißen?«, sagte Sponge.

»Nein«, sagte Felicity Fallowfield. »Ich benutze Meister, weil ich es meistere und es viel mehr Eindruck macht.«

»Verstehe«, sagte Sponge.

Sie warf den Kopf zurück. Mit offenen Mündern sahen die Freunde, wie das Licht in ihren seidigen Haaren spielte. Sie schaute sie nur mitleidig an und verschwand mit einer Reihe Flickflacks aus ihrem Blickfeld.

Völlig entgeistert standen die Jungs da.

»Felicity Fallowfield«, sagte Mufford wie benommen.

»Schön. Aber warum machst du so ein Gesicht? Du schaust drein wie Mr Luckless, als ihn seine Gefühle für Miss Livia übermannten.«

»Unsinn.« Mufford schüttelte den Kopf. »Was redest du da? Schnell, Sponge. Sie darf uns nicht entwischen!«

Die Jungen rannten in die Richtung los, in der Felicity Fallowfield verschwunden war, in den Küchengarten mit den hohen Backsteinmauern, aber wieder hatte sie sich offenbar in Luft aufgelöst.

»Hörst du was?«, fragte Sponge.

Und genau, als er das sagte, flog ein Schatten über ihnen her. Felicity Fallowfield schwebte in einem Heißluftballon vorbei.

»Macht's gut, Jungs!«, rief sie grinsend. »Vielleicht sehen wir uns eines Tages wieder.«

Mufford blickte zu ihr hoch.

»So einfach wirst du nicht entkommen!«, rief er.

»Was?«, rief Felicity Fallowfield, aber es war kaum noch zu hören.

»Ich habe gesagt, so einfach … ach, was soll's. Sie ist ja schon über alle Berge.«

»Was machen wir jetzt, Mufford?«, fragte Sponge.

»Ich weiß es nicht, Sponge«, erwiderte Mufford. »Ich weiß es wirklich nicht. Es sieht aus, als hätte Felicity Fallowfield mal wieder zugeschlagen.«

»Hör auf, sie zu bewundern, Mufford. Sie hat den Schatz gestohlen. Wir haben es verbaselt. Zweimal hatten wir die Mittel in der Hand, die Schule zu retten – und zweimal haben wir sie verloren.«

»Gerechterweise muss man sagen, dass das Geldpaket aus der Zeitmaschine nie in meiner Hand gewesen ist, Sponge. Und die Juwelen waren in deiner Büste, also ...«

Sponge versuchte, mit seiner Miene auszudrücken, dass er diese Bemerkungen keineswegs einer Antwort für würdig erachtete, doch Mufford wanderte schon davon.

»Wir sollten den Direktor besser davon in Kenntnis setzen, dass nicht etwa Newboy der Dieb ist, sondern Felicity Fallowfield.«

»Ja«, sagte Sponge. »Newboy war von Anfang an unschuldig. Das freut mich. Ich mochte ihn.«

»Dir ist aber klar, dass es Newboy nie gegeben hat? Er war ganz und gar vorgetäuscht. Es war immer nur Felicity Fallowfield. Wie die Piraten muss sie in der Zeitung von dem Schatz gelesen haben.«

Einen Augenblick blieb Sponge stehen, tief in Gedanken versunken.

»Natürlich«, sagte er. »Das wusste ich ja. Eine Schande. Ich mochte ihn sehr.«

Mufford verdrehte die Augen.

»Wer wäre auf die Idee gekommen, dass Felicity Fallowfield in einem Ballon entkommen würde?«, sagte Sponge.

»Sponge?«, sagte Mufford, als hätte er erst in dem Moment seinen Freund erkannt. »Wo ist Newboy?«

Sponge starrte ihn an.

»Was um Himmels willen meinst du, Mufford? Du hast mir gerade selbst erzählt, dass es nie einen Newboy gegeben hat.«

»Keinen Newboy? Was meinst du damit? Natürlich gibt es einen Newboy. Kleiner Kerl, so ein Dreikäsehoch.«

»Hat Felicity Fallowfield dir vollends den Verstand geraubt?«

»Felicity Fallowfield? Was? Was hat Felicity Fallowfield mit all dem zu tun? Ich weiß nicht, worüber du redest.«

»Wieso das denn nicht?«, staunte Sponge. »Wir haben eben selbst gesehen, wie Felicity Fallowfield entkommen ist.«

»Felicity Fallowfield? Entkommen? Sonst geht's dir aber noch gut, Sponge?«

»Noch gut?«

»Ja? Du wirkst mal wieder ein bisschen wirr im Kopf.«

»Wirr im Kopf?«

»Ja – du wiederholst alles, was ich sage.«

»Wiederhole alles?«

»Ja.«

»Ach, Schwamm drüber! Newboy war überhaupt nicht Newboy. Ja, er war überhaupt kein Junge, sondern ein Mädchen. Ein Mädchen namens Felicity Fallowfield. Sie behauptet, sie wäre eine Meisterverbrecherin. Wie kannst du das denn alles vergessen?«

Mufford zog die Stirn in Falten.

»Ich glaube nicht, dass ich das vergessen hätte. Bist du sicher, dass ich überhaupt hier war?«

»Natürlich warst du hier. Es ist doch gerade erst alles passiert. Sie ist vor ein paar Minuten mit dem Ballon davongeflogen.«

»Ah, Sponge«, sagte Mufford da fröhlich. »Wo ist Newboy?«

Wieder starrte Sponge Mufford an.

»Du hast dich wohl von deinen fünf Sinnen verabschiedet, Mufford.«

»Wie meinst du das?«

»Du hast doch gerade gesehen, wie sich Newboy als Meisterverbrecher entlarvt hat und – noch bestürzender – als Mädchen.«

»Ein Mädchen? Offenbar hast *du* dich von deinen fünf Sinnen verabschiedet!«

»Aber du hast es doch mit eigenen Augen gesehen, Mufford. Wie sie in dem Ballon entkommen ist.«

»Sponge!«, rief nun Mufford. »Gut, dich zu sehen. Irgendeine Spur von Newboy?«

Sponge musterte ihn lange. Da kam Mr Luckless vorbei. Er schaute auf seine Taschenuhr.

»Alles in Ordnung, Jungs?«, fragte er und ging weiter, ohne auf eine Antwort zu warten.

»Ach, natürlich!«, rief Sponge beim Anblick der Uhr. »Du bist hypnotisiert. Es gibt immer ein Stichwort, das Hypnotiseure benutzen, wenn sie ihr Opfer aufwecken. Und das Opfer vergisst dann alles, was vorher gerade gewesen ist. Felicity Fallowfield, die als Newboy aufgetreten ist, der als Kennington aufgetreten ist, muss das Wort benutzt haben, das dich vergessen lässt, wo du bist. Es fängt mit B an.«

»Blut?«, sagte Mufford und musste seinen Freund, der prompt in Ohnmacht sank, auffangen.

»Nein«, sagte der dann ganz benebelt. »Das andere Wort mit B, ein Wort für runde, schwebende Dinge …«

»Blasen?«

»Nein, zum Donnerwetter noch mal. Man füllt sie mit heißer Luft oder mit Gas, und an ihnen hängt ein Korb, in dem Leute mitreisen können.«

»Aha. Ein Bal–«

Sponge hielt seinem Freund den Mund zu, damit er das Wort nicht aussprach.

»Sonst fängt alles wieder von vorn an.«

»Verstanden. Und das Wort hat mich dazu gebracht, dass ich vergesse?«

»Ja, das steht alles in dem Buch.«

»Ich glaube, ganz verstanden habe ich es nicht.«

Sponge langte mit der Hand aus, zerzauste Mufford das Haar und zwickte ihn in die Nase.

»Also, pass auf«, sagte Mufford und versuchte, durch die Haare, die ihm jetzt in die Augen hingen, zu sehen, wo Sponge war.

Der trat ihm auf den großen Zeh, und Mufford schrie auf.

»Sponge! Was machst du da?«

»Ballon«, erwiderte Sponge.

»Ah. Gibt's ein Lebenszeichen von Newboy?«, fragte Mufford.

Sponge lächelte und erklärte ihm ruhig und besonnen alles noch einmal, achtete aber sorgsam darauf, dass er das Wort mit B nicht benutzte.

»Toll!« erwiderte Mufford. »Hast du eine Ahnung, warum mir mein großer Zeh weh tut?«

»Nein«, antwortete Sponge leise.

»Hm.« Mufford schaute ihn ungläubig an.

Als die Jungs im Büro des Direktors ankamen, war der wie eh und je bester Dinge. Auch Kennington war da.

»Leider haben wir den Schatz verloren, Sir«, sagte Mufford.

»Ich weiß«, sagte der Direktor. »Kennington hier sagt mir, der neue Junge Newboy war ein Meisterverbrecher.«

»Sozusagen, Sir«, erwiderte Mufford. »Aber Newboy war in Wirklichkeit Felicity Fallowfield.«

»Felicity Fallowfield?«, staunte der Direktor. »Meine Güte. Ich habe von ihren Untaten gehört. Konntet ihr sie an ihrem Tun hindern?«

»Leider nicht, Sir«, sagte Sponge. »Sie ist entkommen. In einem Ba– … Sie ist uns entflohen.«

»Ja«, sagte Mufford. »Sie ist mit dem Schatz entkommen. Mit dem ganzen Schatz, Sir. Leider waren all unsere Bemühungen vergebens.«

»Ach, macht nichts«, sagte der Direktor. »Sir Brashly Bugle hat sich freundlicherweise bereit erklärt, uns die notwendigen Mittel für die Reparaturarbeiten zur Verfügung zu stellen. Da können wir einem neuen Tag ins Auge sehen. Aber meiner Meinung nach schulden wir unserem Kennington hier eine Entschuldigung. Felicity Fallowfield alias Newboy hat ihn als Tarnung für ihr betrügerisches Treiben benutzt.«

»Ja – Entschuldigung, Kennington«, sagte Mufford.

»Entschuldigung angenommen«, sagte Kennington mit dünnem Lächeln.

»Aber Kennington war derjenige, der die Geschichte an die Zeitung verkauft und sowohl die Piraten als auch Felicity Fallowfield auf den Schatz in Modermoor Castle aufmerksam gemacht hat«, gab Sponge zu bedenken.

»Und das war der leibhaftige Kennington«, sagte Mufford. »Der hier.«

»Ohne ihn wäre nichts von alledem passiert«, fuhr Sponge fort. »Wir hätten den Schatz vielleicht problemlos gefunden und die Schule gerettet.«

»Hmm …«, sagte der Direktor. »Da ist was dran.«

»Bitte um Entschuldigung zurückgezogen«, sagte Mufford.

Kennington zuckte die Achseln und ging lächelnd davon. Auch Mufford und Sponge lächelten. Jetzt war wirklich alles wieder beim Alten.

»Übrigens, Sir«, sagte Mufford. »Warum war ein Brandfleck auf dem Teppich in der Aula, wenn die Selbstentzündung ein Trick war?«

»Das war leider Mr Lithely. Er hat sich tatsächlich spontan selbst entzündet«, erwiderte der Direktor. »Ich glaube, er hatte einfach immer zu viel Energie. Als die Piraten angegriffen haben, ist er gleich in Flammen aufgegangen. Ich fürchte, ich muss schon wieder einen neuen Sportlehrer für Modermoor Castle suchen.«

Mufford und Sponge nickten und hofften, dass er nicht so bald einen finden würde.

Kekse

Am nächsten Morgen setzten sich Mufford und Sponge mit den anderen Jungs zusammen und diskutierten die Ereignisse des vergangenen Tages.

»Arrr. So was! Da hält Newboy uns alle nach Strich und Faden zum Narren«, sagte Enderpenny.

»Pah!«, sagte Kennington. »Ich habe ihm nie über den Weg getraut. Irgendwas war mit seinen Augen.«

»Aber gesagt hast du nichts, du Schlaumeier«, meinte Furthermore.

»Ich wollte den rechten Moment abwarten«, erwiderte Kennington.

»Ha, ha«, sagte Mufford.

»Sag nicht ›ha, ha‹ zu mir, Mufford«, höhnte Kennington. »Felicity Fallowfield hat dich fein an der Nase herumgeführt. Wenn ich nicht dazugekommen wäre, würdest du immer noch denken, sie wäre ich.«

»Na, wenigstens sind die Piraten weg«, sagte Filbert. »Ein bisschen Anerkennung für Mufford und Sponge fände ich schon angebracht.«

»Arrr. Ich mochte die Piraten eigentlich«, sagte Footstool.

»Ay, ich auch, Schiffskamerad«, sagte Furthermore.

»Und sie hätten den Lehrplan ausgeweitet und bereichert, um den weniger an geistigen Dingen interessierten Schülern entgegenzukommen, arrr«, meinte

Bottleneck. »Sie wollten eine Unterrichtseinheit über Seemannslieder einführen.«

»Und Mr Jakes Schauergeschichten waren verflucht gut«, sagte Enderpenny. »Die über die fleischfressenden Meeresschnecken …«

Allgemeines Erschaudern.

»Aber immerhin wollten sie uns alle vom Bebenden Turm herunterwerfen«, sagte Mufford. »Deshalb …«

»Und die Schule in die Luft sprengen«, fügte Sponge hinzu.

»Vielleicht beides gleichzeitig«, überlegte Mufford.

Eine Piratenschulleitung hatte auch ihre Nachteile, mussten die Jungs zugeben. Die Diskussion ging weiter, aber Mufford und Sponge wanderten zum Rand des Sportplatzes, wo sie für sich waren. Sie schauten zur Hütte hinüber.

»Also, Sponge«, sagte Mufford. »Wir haben die Schule schon wieder gerettet.«

»Ja«, stimmte ihm sein Freund zu. »Ich glaube, ja. Mehr schlecht als recht.«

»Wir haben sie vor den Piraten gerettet, vor einem Werwolf – wieder einmal –, und vor dem Schulbeirat. Das war die wahre Heldentat.«

Bei der Erwähnung des Wortes Beirat überlief es Sponge kalt.

»Aber nicht vor Felicity Fallowfield«, sagte er.

Mufford errötete. Dann gleich noch heftiger bei dem Gedanken, dass er überhaupt rot geworden war. Sponge errötete auch, wie jedes Mal, wenn er sah, wie jemand anderes errötete.

»Felicity Fallowfield hat die besten Detektive der Welt ausgetrickst«, sagte Mufford. »Deshalb ist das keine Schande.«

Sponge nickte.

»Und was ist mit dem schwebenden Riesenaugapfel, Mufford?«

»Er wartet auf uns, Sponge. Aber wir sind gewappnet.«

»Sind wir das?«

»Wir sind im Vorteil, Sponge.«

»Echt?«

»Ja, weil wir wissen, dass er kommt.«

»Aber nicht genau, wann.«

»Stimmt.«

»Oder warum.«

»Ja, das auch«, pflichtete Mufford Sponge bei.

Einen Moment oder zwei dachten sie darüber nach,

dann kamen sie zu dem Schluss, dass das zu den Dingen gehörte, über die man besser nicht zu lange nachdenkt. Sponge ging zu Muffords Nachttischspind, holte zu Muffords Erstaunen ein Päckchen Kekse aus der Schublade, nahm sich einen und fing an zu knabbern.

»Sponge«, sagte Mufford. »Ich möchte dich nicht beunruhigen, aber das sind meine Kekse, die du da futterst.«

Sponge wischte sich ein paar Krümel aus dem Mundwinkel und seufzte glücklich.

»Sponge«, sagte Mufford.

»Ballon«, sagte Sponge.

»Hallo, Sponge«, sagte Mufford. »Was gibt's Neues?«

»Offenbar teilst du deine Kekse mit mir.«

»Ach, wirklich? Das ist sehr großzügig von mir.«

»Ja«, sagte Sponge.

»Aber ich bin auch ein sehr großzügiger Mensch, Sponge.«

»Ja. Ja, das bist du.«

Zufrieden schweigend futterten die Freunde ihre Kekse und fragten sich beide, welch seltsame und geheimnisvolle Begebenheiten wohl ihr nächstes Abenteuer bringen würde …

Modermoor Castle
bei Niedermodermoor
Cumberland
England

Schiff ahoi, Eltern!

arrr! Hier in Modermoor Castle gab es viel Aufregung. Wie üblich dürfen wir keine Einzelheiten verraten, aber ich will nur sagen, dass [redacted], schwer zu glauben, ich weiß. Sponge und ich haben die Schule gerettet. Wieder einmal! Und haben nicht mal ein Keks zur Belohnung bekommen. Arrr!

Gruß und Kuss,
Arthur Mufford

P.S. Bitte, schickt noch Kekse.
P.P.S. Arrr!

Modermoor Castle
bei Niedermodermoor
Cumberland
England

Schiff ahoi, Tante Bernard,

arrr! Horuck! Und so weiter!
So reden wir in Modermoor Castle jetzt alle.
Ehrlich gesagt, wird es mit der Zeit aber zu anstrengend. Mufford und ich haben schon wieder ein Abenteuer erlebt. Offenbar haben wir eine Serie davon. Ich erzähl dir alles in den Ferien.
Dein Dich liebender Neffe
Algernon

P.S. Bitte, schick noch Kekse.
P.P.S. Arrr!

Modermoor Castle
bei Niedermodermoor
Cumberland
England

Schiff ahoi, Onkel Montague,
Ich freu mich schon, wenn ich Dich in den Ferien in Pity's End besuche. Dann will ich Dir was von den seltsamen Begebenheiten berichten, die sich hier in Modermoor Castle zugetragen haben. Dafür musst Du mir aber ein paar von Deinen aufregenden Geschichten erzählen. Vielleicht kann ich Dich auch mit ein paar von meinen unterhalten. Wir hatten nämlich neulich einen neuen Englischlehrer, der uns einige außergewöhnlich schaurige Geschichten von Schiffen und dergleichen Neuigkeiten von der Seefahrt erzählt hat ...
Ich hoffe, es geht Dir gut.

Mit den allerbesten Wünschen,
Edgar

P.S. Bitte, schick noch Kekse.

Modermoor Castle

Mufford und Sponge
lösen weitere geheimnisvolle Rätsel
in Modermoor Castle!

Band 3 erscheint 2020!